I0749680

Los equilibrios posibles

Los equilibrios posibles

Javier Lara

Los equilibrios posibles

Serie Orillas y caminos III

Primera Edición

ISBN: 978-84-09-85169-0

A esas lectoras que me siguen apoyando con cada libro.

Aunque aparecen lugares reales, la trama y los personajes de esta novela son imaginarios. El autor ha alterado ciertos detalles según las necesidades de la ficción.

1

Zamora, 12 de julio de 2024

No me queda demasiado tiempo, pero aun así siento la necesidad de despedirme. No es un adiós dramático, solo ese gesto íntimo de quien quiere dejarlo todo en orden antes de cerrar la puerta. Me acerco primero a los franceses. Ellos siempre parecen vivir entre la efusividad y la protesta, tan vehementes incluso cuando tienen razón y tan torpes en su manera de relacionarse con las mujeres, posesivos hasta en lo que no tiene importancia. Los observo unos segundos, como si esperara que alguno levantase la vista.

Sigo mi recorrido hacia los ingleses, tan deslenguados unos, tan reservadas algunas de ellas, capaces de despertarme recuerdos y sentimientos que ya creía superados. No me detengo demasiado porque, más que nostalgia, siento una ligera incomodidad, como si quedarme aquí un poco más supusiera abrir una puerta que he decidido cerrar hace meses.

A lo lejos reconozco también a algún italiano de esos que se enamoran con facilidad, a estadounidenses con ese punto imprevisible que los caracteriza, a alemanes con toda su germanía en cada gesto y a un austriaco peculiar que nunca supe si era más suyo que de nadie. Pero de quienes más me cuesta separarme es de los españoles. Tal vez porque los siento más cercanos, tal vez porque entre ellos distingo siempre esa mezcla de veteranía y juventud que parece que nunca termina de convivir del todo. Los mayores, atentos a todo lo que pasa en el mundo como si no les pesara el tiempo; los jóvenes, igual de atentos, pero desde un segundo plano que exige fijarse mucho para no perderse lo que quieren decir. Los miro con un cariño silencioso, una especie de gratitud por las horas compartidas, por la compañía discreta y constante que me han ofrecido durante tanto tiempo sin pedir nada a cambio.

Al terminar mi pequeño recorrido, bajo la cabeza, respiro hondo y doy media vuelta. Camino despacio hacia la salida e intento no girarme, aunque noto a mis espaldas ese rumor mudo de las despedidas que no se dicen en voz alta. Cierro la puerta con llave, escucho el clic del cierre y siento que, por fin, empiezan mis vacaciones.

Salgo a la calle y bajo por las cuestas estrechas que llevan al río. El Duero corre tranquilo bajo el puente de piedra y me detengo un instante a mirar el atardecer. El cielo se tiñe de naranjas suaves, la gente camina o corre por los senderos y, durante unos segundos, recupero esa sensación de calma que solía encontrar aquí, aunque ya no sea la misma desde que Héctor se marchó.

Pronto llego al bloque de pisos en el que vivo. En la nevera he dejado lo justo para cenar: una ensalada que apenas requiere un aliño y unas natillas para endulzar el final del día. La maleta está preparada junto al recibidor y la mochila, con mis libros y mi cuaderno, descansa ya en el maletero del coche. Me apetece salir temprano, aunque he decidido no poner el despertador; llevo demasiadas semanas escuchando su timbre como para darme, por una vez, el gusto de despertar cuando el cuerpo quiera.

Me quito las gafas y las pongo sobre la mesilla de noche. En la cama, sin embargo, el sueño no llega. Vuelvo a dar vueltas en un insomnio que creía superado. Me tumbo boca arriba, intento relajarme, busco algún recuerdo amable al que aferrarme, pero no puede ser uno que me lleve a él y tampoco se me ocurren demasiados más. Me viene a la memoria aquel viaje a Lisboa siendo niña, alguna escapada de la universidad, pero nada parece lo bastante sólido para sujetar mis pensamientos.

A las dos de la mañana sigo despierta y recuerdo que mañana tendré que conducir más de quinientos kilómetros, desviándome además para visitar ese lugar del interior gallego que llevo años esperando pisar. Intento serenarme, respiro hondo y, aunque no sé en qué momento exactamente me vence el sueño, cuando abro los ojos ya es de día y la luz entra por las rendijas de la persiana.

Miro el reloj. Son las ocho menos cuarto, una hora razonable. Me visto con la ropa que he dejado preparada, recojo la cama, preparo un café rápido, me lavo los dientes y bajo al garaje con la maleta. A las ocho y veinte arranco el motor y siento ese cosquilleo de los comienzos, esa mezcla de libertad y miedo leve que solo aparece cuando una se va. Me detendré más adelante a desayunar algo, un café con tostada para acompañar el trayecto, y pasado el mediodía llegaré a ese lugar postergado.

Conduzco unos minutos con la sensación de que dejo algo importante atrás, pero no es hasta que giro en la primera rotonda cuando entiendo qué es. No me he despedido de personas, sino de voces, las de mis compañeros silenciosos. Son ellos quienes me acompañan cada día y quienes siempre me han salvado: mis libros, mis autores y todas sus historias.

Al final, solo soy eso: la bibliotecaria que por fin se marcha unos días; la mujer que necesita alejarse un poco para respirar. Sin embargo, esta vez sé que me costará mucho más.

2

En carretera, 13 de julio de 2024

La entrada en Galicia se hace palpable porque la arboleda aumenta y el recorrido de la autovía se vuelve más quebrado; el carril encadena largos tramos de subida y bajada escoltados por pinos y eucaliptos. Conduzco con el limitador de velocidad ajustado a lo establecido en las señales, noto que avanzo a buen ritmo y, mientras tanto, escucho un *podcast* de libros, aunque he perdido el hilo. Pienso en mis cosas. Hacía un tiempo que no pasaba por estas tierras; él era de por aquí, aunque decía que ya no quedaba nadie de su familia.

Conocí a Héctor en la biblioteca. Era todavía la época de las mascarillas. Yo, encima, mascarilla y gafas. Siempre se dirigía a mí para las consultas o para los préstamos, aunque hubiese algún otro compañero libre en el mostrador, pero siempre venía a mí. Mi compañera Mari Carmen lo notó.

—El profesor pretende a una de las chicas de la biblioteca y yo sé quién es.

—¿Y eso de dónde lo sacas?

—Porque te merodea como Miguel Hernández merodeó a Josefina Manresa cuando se acercaba a su taller de costura.

—¡Qué comparaciones!

—¿Pero no ves que nos da de lado a las demás y solo te quiere a ti? Es bonito, ¿a que sí?

Solo pude sonreír, aunque no se notara mucho. Aquel hombre, con esas canas interesantes en los laterales del cabello, vestido con elegancia, pero al mismo tiempo con un aire casual, se mostraba siempre muy educado. Me había preguntado mi nombre tras varios encuentros y había requerido mi confianza. Era mayor que yo, quizá ocho o diez años, pero atractivo, de voz templada y un punto de irreverencia cuando la conversación lo permitía.

Durante aquellos días también conocí a un grupo de chicos de mi edad en un bar. Salí varias noches de cañas con otra compañera, Pilar, y fue así como coincidimos. Uno de ellos también empezó a fijarse en mí, aunque pronto comprobé que no había pisado muchas bibliotecas, por no decir ninguna. Intercambiamos teléfonos y me llamó una tarde, pero me dio tanta pereza contestar que no lo hice, ni la primera vez ni la segunda. También por entonces me llevé a casa el libro *Recuerdos de la viuda de Miguel Hernández*. Presté atención a lo que me había contado mi compañera.

> Pasaba varias veces por la puerta del taller de la calle Mayor, en Orihuela, donde yo trabajaba de modista. Siempre llevaba papeles, entonces trabajaba en la Notaría. Miraba hacia dentro del taller y me di cuenta de que me miraba a mí. Otra chica también se dio cuenta y dijo: «El poeta quiere a una chica de aquí y yo sé quién es». Al descubrirse, cada vez que Miguel pasaba decían todas: «El poeta».

Me dio vergüenza leer aquel párrafo. Unos días más tarde, el profesor entró cargado de libros para devolver y miró hacia el mostrador. Miró y me buscó. Digo «el profesor» cuando ya sabía que se llamaba Héctor, porque su nombre aparecía en la pantalla cada vez que registraba un préstamo.

Cuenta Josefina Manresa que la costumbre entonces era no admitir a un chico enseguida. No fue que aquellas palabras me influyeran para contestarle que me era imposible cuando me pasó la primera nota preguntándome si podía salir a tomar un café. En mi caso, me pregunté qué pintaba yo saliendo con un usuario de la biblioteca unos años mayor que yo y con el que, en apariencia, poco tendría que compartir. O quizá es que me decepcionara no encontrarme aquel primer poema de Miguel Hernández a Josefina de «Ser onda, oficio, niña, es de tu pelo» como primera declaración.

Sin embargo, sí había un mundo que nos unía: nuestros gustos literarios. Por eso, cuando me devolvió *Llévame a casa* de Jesús Carrasco y abrió las páginas 16 y 17 para decirme que se había sentido impactado por sus descripciones, que casi podía verse regresando a la casa de sus padres, yo creí colapsar porque me ocurrió exactamente lo mismo al leerlo un mes antes. Era un día de marzo de 2022 y aquella tarde sí le acepté el café, sin notas de por medio.

Y así terminé «montándome en su barca y cruzamos juntos el charco del jardín», como diría Josefina. Nos sentamos en una de las terrazas de la plaza Mayor y nos vimos por primera vez el rostro al completo, con su boca paladeando cada sílaba, llenando de más matices todavía sus conversaciones. Es posible que fuésemos dos desconocidos, algo tensos, sin demasiados temas preparados, pero él supo hacerlo fácil. Me hablaba con naturalidad, de libros y de la vida. Sabía tocar el punto justo: un autor que ambos conocíamos o algún género que yo manejaba más que él para que se lo explicara. Y, si no, de nuestros orígenes. Él, de Galicia, con un dulce acento gallego que me envolvía con esas pronunciaciones llenas de música; yo, con mi pasado de niña cántabra entre Suances y Santander.

Todo lo hizo con esa naturalidad suya, tomando quizá la iniciativa que le daban sus ocho años más. En uno de aquellos atardeceres, no muy lejos de la biblioteca, nos besamos por primera vez mientras debatíamos sobre Stefan Zweig y si su mérito literario era casual o buscado con precisión. Aunque teníamos preferencias similares, no siempre estábamos de acuerdo y fue justo un desacuerdo el que lo hizo más atractivo que nunca, el que dejó caer su flequillo y su mentón, el que acercó sus labios a mi altura para que yo los alcanzara.

Héctor era profesor de Lengua en el IES Poeta Claudio Rodríguez. No llevaba mucho tiempo allí, pero parecía asentado. Caminaba de forma habitual los diez minutos entre el instituto y la biblioteca.

—Entro aquí y me lleno otra vez de toda esa pasión por la cultura y la literatura que me hizo estudiar Filología, porque en el instituto de poco me vale; tengo que ser más policía que experto en letras —solía decir.

Y era cierto: muchas veces vi las redacciones plagadas de faltas o los exámenes de Literatura llenos de disparates, aunque en ocasiones también disfrutaba cuando se encontraba con un buen examen.

Y entonces pasó de ser un usuario habitual a alguien que me esperaba a la salida para tomar algo o para pasear por los puentes, el parque de la catedral o el camino junto al río. Él tampoco era de Zamora, así que además de iniciar aquella relación nos convertimos en la compañía perfecta en una ciudad ajena, pero agradable.

Mientras pienso en todo aquello dentro del coche, alguien en el *podcast* afirma, con muy poco criterio, que los poetas actuales son unos vagos porque no hacen poesía con rima. Héctor dijo alguna vez algo en aquel sentido, aunque yo se lo rebatí.

Tomo la salida y entro en Padrón. Giro a la derecha justo antes de cruzar la vía y aparco en una calle paralela a la línea de ferrocarril, justo frente a la estación. Bajo del coche y me acerco a una casa de piedra y madera restaurada, con un amplio jardín, el lugar donde Rosalía de Castro vivió su última década. Ella, que tanto experimentó con el verso libre. «Vaga», pienso con ironía.

Mientras camino entre camelias, se me viene a la cabeza la canción de Luz Casal que adapta el poema *Negra sombra.* Me acerco a aquella casa con toda una banda sonora de ecos en mi cabeza y me emociono.

No recuerdo que Héctor y yo habláramos mucho de Rosalía, pero cuando se marchó me identifiqué más de lo que pensaba con los sentimientos de su poesía.

3

A ti que eres la persona a quien más amo, le dedico este libro, cariñoso recuerdo de algunos días de felicidad que, como yo, querrás recordar siempre. Juzgando tu corazón por el mío, creo que es la mejor ofrenda que puede presentarte tu esposa.

Rosalía de Castro. *La hija del mar*

Padrón, 13 de julio de 2024

Antes de reiniciar la marcha, leo en el coche la dedicatoria que Rosalía de Castro le hace a su marido, Manuel Murguía, en las páginas iniciales de su primera novela, *La hija del mar*. La he comprado en la pequeña tienda del museo. He recorrido a paso lento cada rincón de la casa, he saboreado cada detalle y me he fotografiado bajo su gran higuera. Me ha parecido un lugar entrañable, como siempre lo ha sido ella para mí. Aunque no solían venir muchas escritoras, en los libros de texto de mi generación nunca faltó Rosalía de Castro y ha sido una suerte estar en el mismo lugar donde escribió *En las orillas del Sar*.

Me apetece mucho leer la novela que tengo entre mis manos, hace tiempo que le tengo ganas, pero no es fácil de conseguir. Durante estos días tendré tiempo porque estaré sola. Fue Héctor quien me introdujo de lleno en la obra de mujeres menos difundidas si cabe que Rosalía. Gracias a él supe que hubo una escritora como Cecilia Bohl de Faber que tuvo que usar un seudónimo masculino para publicar. De ella leí *La gaviota*. También que la joven poeta romántica Concepción de Estevarena escribía versos en la pared porque su padre ni siquiera le dejaba papel y se negaba a que escribiera; o cómo el marido de Concha Espina rompió el manuscrito de toda una novela por creer que dicha actividad era indecente para una mujer casada. ¡Ay! Cuánto he disfrutado después con sus novelas. Me alegra pasar los dedos por la tarde calurosa y el viento de sudoeste con el que arranca el libro.

Seguiré leyendo en mi destino, en Cedeira. Ahora me centro en buscar un lugar para comer, algo que no me retrase mucho porque quiero llegar con hora para recorrer la playa. Sé que estaré sola, fui incapaz de mantener la compañía que quería, pero mi amiga y psicóloga Minerva insiste en que tengo que generar mis rutinas. De momento, sigo en mi huida, mi escapatoria hacia el mar, no quiero pensar en el futuro, solo en recuperar el ahora.

Miro al frente y pienso que quizá no sea yo la única que huye. Hay una decena de personas esperando en el apeadero de la estación de ferrocarril de Padrón. Hay un par de chicas jóvenes con sus maletas. Me gustaría decirle muchas cosas a las veinteañeras de hoy, pero también es bueno que aprendan por experiencia propia. Yo ya he pasado ampliamente la treintena, tengo una doble sensación: la de estar curtida por los años, pero también la de no aprender porque el tiempo transcurre y los palos siguen llegando.

No muy lejos del museo encuentro la referencia a un furancho, un sitio simple con comida casera. Pido unos pimientos del lugar y chipirones. Aunque la espera mientras me sirven no es mucha, aprovecho esos instantes para publicar un carrusel de las imágenes de la casa museo de

Rosalía de Castro en Instagram. Abro la publicación con la siguiente oración:

«Lugares que anhelabas sin haberlos pisado nunca».

Lleno el estómago y, tras cerrar con un café mi corta parada allí, sigo la ruta. Me he sentido un poco extraña porque era la única persona que había sola en la terraza entre algunos grupos familiares. Soy consciente de que me tendré que hacer a ello.

No cambia mucho el panorama en la carretera, ya que solo he de seguir la misma autopista hasta Ferrol y, desde allí, desviarme siguiendo aún más al norte. Si no hay problemas de tráfico llegaré en menos de dos horas.

—Tranquila, no quieras correr nunca más que Google Maps —me decía siempre Héctor. Solíamos hacer incursiones hacia Portugal y, a veces, también visitábamos Salamanca, ciudad que nos encantaba. O comprábamos entradas para el teatro en Madrid y pasábamos el fin de semana en la ciudad. A los dos nos encantaba la plaza de Santa Ana y el Teatro Español.

Pero quiero huir de nuestros recuerdos y eso me lleva de nuevo a las palabras de Minerva: «Gema, no intentes borrar a Héctor de golpe. Haz cosas que nunca hiciste con él: vete a otro café, lee un libro nuevo o cambia de camino para ir al trabajo. Llena tu vida de gestos que no tengan su sombra. Así, poco a poco, dejará de ser el centro de tu cabeza».

Te estoy haciendo caso, Minerva, te juro que te estoy haciendo caso. Y mira, voy en el coche rumbo a Cedeira. A visitar a una tía que ya no está, pero siguiendo el consejo que me dio mi madre. He comprado un libro que no he leído hasta ahora y he comido en un sitio donde nunca he comido. Conduzco, yo que no suelo conducir mucho, pero aun así, el recuerdo de Héctor sigue igual de presente.

4

Cedeira, 13 de julio de 2024

Piso fuerte el suelo al bajarme del coche. Solo he estado en este lugar anteriormente de forma fugaz. Ahora quiero vivirlo de otra manera y respiro profundamente. Me llegan aromas a marisco, a ría, a mar con toda su salinidad, pero también una chispa a fango. No he tenido problemas para estacionar. Pese a ser julio, encuentro sitio justo delante del piso de mi tía, en el mismo Camino Real de la Magdalena. Una zona de arboleda y arena separa la calle de la larga playa. Dejo la visita para un poco más tarde, ya que he llegado con margen suficiente para descargar la maleta y poner algo de orden en el piso.

El edificio donde se ubica la vivienda es insulso, con la simplicidad de algunas construcciones de los años sesenta y setenta. Sobre unos bajos con cocheras se elevan tres plantas cuadriculadas, de ventanales blancos y austeros sobre una fachada de ladrillo. La entrada está en el margen derecho, no anticipa comodidades y, mucho menos, ascensor. Subo hasta el segundo piso por una escalera estrecha, tirando de la maleta con alguna dificultad para girar en los casi inexistentes descansillos. Al llegar, me encuentro una puerta de madera clara, con capas de barniz acumuladas unas sobre otras como si fuesen la solución al paso del tiempo y la humedad, pero sin conseguirlo.

Recuerdo que la llave debía estar en uno de los bolsillos exteriores de la maleta. Allí está: el juego con un llavero del Racing de Santander y sus tres llaves. Me sorprende no haberla necesitado abajo porque el portal estaba abierto; al menos hay vecinos vivos.

Abrir una puerta que nunca has abierto siempre es apasionante. Siempre conlleva sorpresa, ya sea en un alojamiento para una noche, tu nueva casa o la de un amante. Cuando aquella llave gira y la puerta se abre con facilidad tras un suave toque, la primera sensación es la ausencia de sorpresa: nada novedoso, quizá solo el olor a aire encerrado y alcanfor. Doy un paso al interior y me parece estar entrando en la casa de mis padres treinta años atrás. Es decir, en la casa de mi infancia con los retratos familiares en el mueble del salón, la cocina con su mesita y las sillas metálicas para desayunar deprisa antes del colegio, las primeras televisiones a color, el teléfono fijo como único contacto con el mundo, figuritas de cerámica inútiles, pero brillantes y, por supuesto, el santo en la pared. En estas casas siempre había uno; aquí también: un Corazón de Jesús.

Al dirigirme a las habitaciones (son dos, una vacía) imagino un cabecero plateado con un rosario colgando, pero en su lugar encuentro un conjunto de madera contemporáneo, color miel. La cama es de matrimonio, con dos mesillas de noche, y, frente a ella, un escritorio sin silla. En cambio, el armario sí supone un salto al pasado y, salvo por un par de cajas en un estante superior, está vacío.

Dejo la maleta junto al armario y entro al cuarto de baño. Es austero, pero aceptable. Mi madre contrató a una chica que viene mensualmente a mantener el piso limpio y parece que cumple. Es el típico baño rehabilitado para alguien que envejece: lavabo, inodoro y un plato de ducha amplio con asiento. Me pregunto cómo podía mi tía subir las escaleras del bloque; debió salir muy poco en sus últimos tiempos.

La cocina mantiene muebles antiguos y rústicos. Abro el grifo del fregadero y sale un hilo de agua suave que me cuesta cerrar sin que gotee. La ventana da a un ojo de patio donde los muros son de ladrillo. En cada planta sobresalen ventanas como la del piso de mi tía. Como base, en el bajo hay un tejadillo de plástico.

El salón conserva sus aires setenteros: un mueble bar, una televisión algo más moderna de los inicios de las pantallas planas, cortinas color salmón con visillos de ganchillo, molduras de escayola, suelo de terrazo y, sobre las estanterías, candelabros de plata y retratos. Ya los examinaré más tarde.

Al avanzar por la casa, imagino todo lo que se habrá vivido entre estas paredes. Veo noches de invierno con mi tía sentada en el borde de la cama, el rosario entre los dedos, murmurando oraciones que solo encuentran eco en el silencio del pasillo. Es posible percibir mañanas en las que la radio abría el día con tertulias y alguna copla antigua mientras el vapor de un guiso a fuego lento empañaba la ventana del patio. A veces, la imagino apoyada en el alféizar, mirando cómo cae la lluvia en el tejadillo de plástico como si allí se escondiera alguna respuesta. También la vislumbro levantándose de madrugada para espantar una soledad que no admite testigos, repasando mentalmente escenas de su niñez o el rostro de quienes ya no estaban. Quizá hubo algún amante discreto, alguien que subió estas escaleras estrechas intentando no hacer ruido. Es posible que hubiera más lágrimas que risas porque la vida en estos pisos pequeños es a menudo un pulso largo contra el tiempo y la memoria. También encuentro en cada objeto un brillo que no sé de dónde viene, como si la casa hubiese guardado, entre tanto peso, un puñado de instantes felices.

Abro la ventana. Me resulta dura, pero cede. Estoy a punto de rajar el visillo con la esquina metálica, así que primero descorro las cortinas y los visillos. Entonces sí, abro aquel salón del segundo piso a la ría, dicen que la más pequeña de La Coruña, pero a mí me parece enorme. Llega una brisa que empieza a ser viento, fresca y muy húmeda, con todos los aromas que ya recibí al salir del coche amplificados. Mis poros se erizan.

Ante la entrada del aire, unos papeles sobre la mesa vuelan. Cierro la ventana y voy a por ellos: cartas, facturas y tiques que la limpiadora ha debido dejar allí. Bajo el cristal de la mesa, la veo: una fotografía de mi tía, mi madre y yo en el acto de graduación en la Universidad de Cantabria. No fue la última vez que nos vimos, pero sí de las más especiales. ¡Cuántos días de mi vida pasamos juntas! Sin un padre, sin un marido, sin un tío… las tres indestructibles en aquellas jornadas de verano en la casa del barrio o en Suances esperando unos rayitos de sol para bajar a la playa.

Frente al espejo, me comparo con la chica de la fotografía. Sigo con mi pelo liso a la altura del hombro, su color oscuro, aunque matizado por el tinte, no he engordado y, eso sí, he actualizado mis gafas, que ahora al menos alivian mis crecientes ojeras. Y sigo hablando más de la cuenta. Lo que ha cambiado es que antes creía que hablar ordenaba el mundo; ahora sé que, a veces, solo lo tapa.

Ya está bien de pensar. Vuelvo al dormitorio con la intención de abrir la maleta y colocar la ropa en el armario, pero al lado está la bolsa con los libros, donde también he metido *La hija del mar*. Agarro el volumen y me echo en la cama con curiosidad. Es más cómoda de lo que esperaba.

> Lorenzo le entregó la niña con menos sentimiento que lo hubiera hecho con otro alguno, diciéndole:
>
> —He aquí una perla de gran valía; yo te la cedo a condición de que seas para ella una buena madre. Pero también yo quiero llamarme a mi vez su padre, y que, cuando empiece a balbucear tu nombre, le enseñes el mío para que de este modo me conozca y me quiera poco menos que a ti, ¿lo entiendes?
>
> Y, enjugando con la manga una lágrima que rodó silenciosamente por sus tostadas mejillas, volvió la espalda a los que le miraban, como queriendo ocultar aquella debilidad indigna de un viejo marino.

No puedo creer que sean las ocho de la mañana. Me quedé dormida sin cenar, sin asearme… y he dormido como hacía meses que no dormía.

Me doy una ducha rápida y me pongo unos vaqueros y una sudadera, sin preocuparme por el aspecto. La nevera y la despensa están vacías; no puedo desayunar aquí. El supermercado y la panadería más cercanos están hacia el centro. Quizá deba buscar una cafetería y después hacer la compra.

Con la pequeña mochila que uso como bolso al hombro, salgo a la calle. Me envuelve una temperatura agradable y vuelve a inundarme el olor a mar. He mirado en el móvil que en la avenida Castelao, a espaldas del piso, hay un supermercado y un par de hornos. Mi intención es dirigirme hacia allí, pero no sé qué tiene este lugar, parece que maneja campos magnéticos propios. Ya me pasó la tarde anterior: me eché en la cama, me puse a leer y caí dormida. Ahora lo que me atrae es la vegetación sobre la arena del otro lado de la calle y el estrecho camino peatonal hacia la playa. «Desayuna, compra y después vas a la playa», me digo. Pero mis pasos ya cruzan la calle y avanzan hacia la arena.

El olor a marisco se hace más intenso. La superficie se vuelve acolchada bajo las zapatillas. En unos instantes estoy en la playa, frente a la ría, ante un paisaje que oculta el mar abierto, pero que parece bramar no muy lejos.

El arenal es extenso, arena blanca que brilla a esta hora, con lagunas naturales hacia la desembocadura del río por la bajamar. Una chica corre por la orilla y un pintor está frente a su lienzo más adelante. La brisa se desliza y las nubes parecen subir con ella.

Me aferro al cuello de la sudadera, doy un par de saltitos y estiro las piernas. Giro varias veces para tener una visión completa del lugar. Veo dunas, la gran lengua de arena y el pueblo detrás. Al mirar en dirección al agua, distingo un bosque en el extremo izquierdo y también en el derecho, elevado sobre una colina. La arena, blanca y fina, da paso a aguas turquesas que oscurecen en la orilla.

En la mayoría de playas, al mirar al frente se ve la línea recta del mar abierto, azul y limpia, pero aquí no. La ría ha entrado en la tierra dejando frente a mí una montaña circular, arbolada salvo por los cortafuegos que dibujan gajos sobre la ladera. También veo un puerto a la derecha. No me extraña que haya un señor pintando: el lugar es de postal.

Recuerdo entonces aquel viaje con Héctor a las Rías Baixas. Sanxenxo no fue un acierto: demasiado gentío, demasiados coches caros y demasiada pose. Dos currantes del mundo de las letras no encajábamos allí. Sin embargo, aquella semana nos sirvió para amarnos, para conocer pueblos y playas donde, pese al agua fría, se pasaban tardes de sol inolvidables.

En la isla de Arosa, bien adentrados, hay un pinar y, tras él, una pequeña playa de arena blanca, la playa Area de Secada. Vimos a un par de parejas aparcando junto a un chiringuito. Nosotros también aparcamos y cogimos la bolsa pese al viento, que algo después amainó. Tumbados sobre la toalla frente a las aguas turquesas, alguna batea y rocas pulidas, pasamos una jornada que nunca olvidaré, por mucho que Héctor ya no esté.

—¿Conocías este sitio? Tú eres gallego.

—Pero yo soy del interior. No es la primera vez que vengo por aquí, pero esta playa no la conocía.

—¿Me llevarás a tu pueblo?

—Allí ya no me queda nadie. Quizá alguna vaca que descienda de las que tuvo mi familia.

—¿Tuvisteis vacas?

—Y un huerto. Cuando murieron mis padres ya no lo cuidó nadie. Vivía fuera, trabajaba fuera... No tengo hermanos. Lo malvendí para pagar deudas.

—¿Hace mucho tiempo de eso?

—Diez años.

—¿Y no tienes curiosidad por volver?

—Les estoy agradecido a mis padres porque me

facilitaron los estudios, pero ya sin ellos… Ser de un pueblo del interior de Lugo que se va despoblando sirve para lo mismo que a Valle-Inclán le sirvió no tener brazo.

—¿Cómo?

—Pues que cuando perdió el brazo, aquello le sirvió para presumir: que si le mordió un león, que si luchó con un bandido mexicano o que si lo usaron para estofado…

—Tu capacidad de relación me asombra.

—Le sirvió para las tertulias. Pero en la vida real fue un hándicap. A mí lo del pueblo me sirve para el discurso de los orígenes humildes, sí, pero no me ayudó cuando tuve que irme lejos para estudiar ni cuando todos nos fuimos yendo hasta terminar siendo forasteros en otros lugares.

—Hoy en día, todos podemos ser forasteros, aunque vengamos de ciudad.

—Sí, pero a mí no me queda ni un amigo de la infancia. Allí no había nadie de mi edad.

Tras aquella conversación, nos besamos y nos abrazamos. Nos metimos en el agua hasta las rodillas y al día siguiente visitamos el museo de Valle-Inclán en Villanueva de Arosa. Nos hicimos una foto en el jardín, ante un busto del escritor, y como amantes de los libros disfrutamos de sus primeras ediciones, sobre todo una de *Martes de Carnaval* que nos dejó los ojos bien abiertos.

Aquellos días terminaron con una cena entre hórreos en Combarro. Él me leyó unas líneas de su diario y luego paseamos por la playa aprovechando la marea baja. El mar destellaba, bramaba al fondo, la noche dejaba ver algunas estrellas y él, cuando me detuve porque estaba congelada, me abrazó y me besó en la mejilla. Sentí aquel beso como el que da una persona que no te va a abandonar nunca.

Camino ahora por esta arena en dirección al río y al centro del pueblo. Pese al fresco y a que los pies se hunden en cada paso, me siento cómoda aquí. Pienso que quizá logre olvidar, aunque me encuentre sola y con ganas de llorar. Al mirar atrás veo mis pisadas marcadas. Me gusta para una foto. La hago y la subo a Instagram: «Abriendo nuevos caminos».

Salgo por un paso peatonal junto a la desembocadura del río que me lleva hasta un parque. Me sacudo la arena. Veo a una mujer con un bebé y a otro niño en el columpio. Tengo la sensación de que en este lugar los colores son más vivos, los sonidos más limpios y los aromas más intensos.

Tras observar un rato, vuelvo a mi propósito: buscar el desayuno. No encuentro bares abiertos, así que entro primero en un pequeño supermercado. Compro productos básicos. Con la bolsa en la mano, sigo hasta una panadería de la que salen aromas deliciosos: pan recién hecho y empanadas apetitosas. Mi primer error es llamarlas empanadas, porque la dependienta me corrige enseguida: aquí los llaman pastelones, porque la masa cambia. Compro una barra y un pastelón de atún con pisto. Nota que no soy de aquí y me desea buena estancia con un marcado acento gallego.

Ya en el piso y con el estómago lleno, recojo el plato y la taza del desayuno. Un sonido nuevo me llega desde el otro lado de la ventana. Ha empezado a lloviznar. Y es en ese momento cuando pierdo todo el valor de golpe. ¿Qué hacer en este piso solitario? ¿En este lugar? ¿Qué hacer sin poder llamar a Héctor, sin su facilidad para improvisar planes? ¿Es esto todo? ¿Cambiar de lugar, pero no de anhelo? ¿Moverme con el mismo dolor en el pecho?

5

Cedeira, 14 de julio de 2024

WhatsApp. Minerva — 09:12

¿Y qué más quieres, Gema? Pasear, ir a la playa, sentarte en una terraza a mirar a la gente… A veces creemos que hay que llenar el tiempo con cosas importantes y lo único importante es aprender a disfrutar de lo pequeño. Haz como si fueras turista en tu propio verano: prueba un plato que nunca pedirías, entra en una tienda solo por curiosidad, siéntate en la plaza y observa cómo vive el pueblo.

Yo ahora paso las mañanas en casa. Alberto trabaja y yo me quedo con la barriga creciendo, leyendo, ordenando cosas, hasta poniéndome a tejer un jersey diminuto que todavía me parece irreal. ¿Sabes qué? Empiezo a valorar el descanso como parte de la vida, no como un hueco a rellenar por rellenar. Haz tú lo mismo allí: disfruta de no tener nada que hacer. Créeme, también es un lujo.

También puedes visitar lugares en los alrededores. Seguro que por esa zona tienes calitas, faros con sus acantilados o pueblos pesqueros muy coquetos. Si has ido en coche, puedes cogerlo y descubrir todos esos lugares. Recuerda la mujer que eras, la Gema alegre, cantarina y charlatana de siempre, la que me guió hasta Alberto cuando llegó a Santander. ¡Recuerda que eres única!

Puede tardar más o menos, pero Minerva siempre contesta a mis mensajes de *WhatsApp* y siempre aporta. He visto paisajes atractivos cerca de Cedeira, tal como me comenta Minerva en su mensaje, pero no me convence la idea de coger el coche sola y conducir por carreteras enrevesadas para visitar pueblos remotos. Tengo claro que por la mañana quiero caminar y tomar el sol en la playa, que después quiero hacer algo por el pueblo y que por las tardes me apetece estar en el piso, leer, ver el atardecer desde un lugar bonito… tampoco aspiro a mucho más en un sitio donde ni siquiera tengo vecinos. De hecho, el bloque sigue en un silencio absoluto desde que llegué.

Es ya mediodía y no llueve, tengo que pensar en la nueva rutina, voy a estar muchos días aquí, en un lugar que no conozco. Necesito diseñar las jornadas, pero quizá primero debo conocer el lugar y no las dos calles que he visto hasta ahora.

Elijo un vestido ligero de lino azul marino. Es fresco y sencillo, suficiente para caminar sin prisa bajo el sol suave que ha asomado en este mediodía. Doblo una chaqueta vaquera sobre el brazo y cuelgo de mi hombro un bolso cruzado pequeño donde apenas llevo el libro, las llaves y el móvil. En los pies, unas zapatillas claras me invitan a recorrer las calles sin pensar en el cansancio. Camino con el cabello suelto, algo revuelto por la humedad, y me siento parte del bullicio tranquilo de Cedeira, una más entre quienes hacen sus compras o se saludan de portal en portal.

La avenida paralela a la playa es bastante larga. Por lo que he mirado en el móvil, la mayor parte del casco urbano moderno está a ese lado del río Condomiñas, pero la zona histórica se encuentra al cruzar, así que voy buscando el puente. He girado dejando lo que parece un instituto a mi izquierda y, tras dos cruces, llego al puente. En la calle paralela al río hay bastantes bares con terraza. Sin embargo, me adentro hacia el interior, atraída por sus casas encaladas, algunas pintadas en tonos suaves, con galerías acristaladas de madera donde se asoman flores y miradas curiosas. Avanzo y termino girando a la derecha, subo por una calle estrecha y peatonal. La luz del mediodía baña todo con claridad.

Mientras avanzo, escucho el murmullo del pueblo: puertas que se abren para saludar, el tintineo de llaves en portales, pasos y conversaciones entre vecinos. Algunas fachadas muestran escudos antiguos y detalles de piedra tallada. También hay flores en muchos balcones.

Entro en la plaza donde está la biblioteca. Tiene un templete en el centro, rodeado por edificios de líneas sencillas. Uno de ellos se ha reconvertido en la biblioteca municipal. Es muy bonito: fachada blanca en tres plantas con marcos en amarillo albero que brillan con el sol. Está coronado por un reloj. Hago una fotografía con la intención de publicar algo más tarde junto con alguna toma del interior. Por el horario que he consultado en el móvil, debe estar abierta. ¿Entro? Por supuesto. La puerta de acceso está en un lateral, el mismo que tiene rotulados versos de Rosalía de Castro en *Follas Novas*.

Sin embargo, cuando estoy a punto de entrar, cuando siento el magnetismo del edificio y de sus libros hacia un interior que promete, me digo: «¿Es esto lo que quiero también en mis vacaciones? ¿Un lugar como el de mi trabajo? ¿Un lugar como en el que conocí a Héctor?» Decido dar media vuelta y salir.

Cuando viajaba con Héctor, siempre acabábamos colándonos en bibliotecas. También lo hicimos en París, en aquel viaje fugaz. Fue en la Biblioteca Interuniversitaria de la Sorbona. Pasamos por delante casi por casualidad, miramos desde la entrada y yo pregunté en francés si podíamos visitarla. En la amplia recepción, un trabajador miró a otro; el otro se levantó y dijo que era su primer día trabajando allí y que podía hacernos una breve visita guiada. Asentimos. El guía nos preguntó de dónde éramos y, cuando respondimos, nos advirtió que no hablaba bien español, pero que, si preferíamos, podía hablarnos en inglés. Yo le dije que sí, porque Héctor entendía inglés y no francés. Entonces empezó a hablar en un inglés que yo apenas reconocía. Héctor, en cambio, parecía escucharlo con auténtico interés.

Subimos unos escalones de piedra gastada y el guía empujó la puerta pesada que daba acceso a la biblioteca. Había bastantes estudiantes, pero el silencio nos envolvió de inmediato, como si al cruzar el umbral hubiéramos dejado fuera el bullicio de París.

La entrada olía a madera pulida y a polvo antiguo. Una lámpara de cristal suavizaba la luz del mediodía y proyectaba un resplandor suave sobre el vestíbulo. Avanzamos despacio, con esa mezcla de respeto y asombro que imponen los lugares donde se guarda el tiempo. Las paredes estaban cubiertas de paneles oscuros y de estanterías altísimas que parecían no tener fin.

El guía hablaba y hablaba, pero yo solo cazaba palabras sueltas: su inglés era imposible para mí. Héctor sonrió, como si adivinara lo que me pasaba. Se acercó y me susurró que cerrara los ojos un segundo, que escuchara. Yo conseguí dejar al margen aquel discurso en voz baja, en una lengua que no comprendía. Oí el roce de las páginas, el eco de pasos contenidos y el rumor de un saber que respiraba. Cuando los abrí de nuevo, me di cuenta de que aquello no era solo una biblioteca: era un templo y nosotros entrábamos como visitantes pequeños. El guía siguió hablando a un ritmo atropellado; dudó en algún momento, pero prosiguió enseguida. Yo intenté impregnarme de cada detalle. Héctor asentía a su explicación, aunque también miraba alrededor con la misma atención.

Al cabo de unos minutos, el guía nos preguntó si nos había quedado alguna duda o si queríamos hacer alguna pregunta. Le dijimos que no, le dimos las gracias por toda la información y salimos de allí cogidos de la mano.

—Menudo discurso —le pregunté a Héctor ya en la calle—. ¿Te has enterado de algo?

—No me he enterado de nada. Si ese hombre hablaba en inglés, no debe de ser el mismo que yo he aprendido.

—Yo igual. Apenas he captado cuatro palabras.

Y salimos riéndonos de aquella visita «guiada» en inglés en la que no nos enteramos de nada.

Entre recuerdos, vuelvo al entorno del río y llego hasta un parque infantil entre dos calles que desembocan en la playa. Veo algunos niños jugar, hay terrazas con mesas ocupadas, hace buen día y no he llegado a usar la chaqueta que sigue colgada de mi brazo. Aunque en casa me está esperando el pastelón, decido que comeré por la zona. Avanzo por la calle paralela al río y decido sentarme en la terraza de una pizzería. He visto a un par de personas que también ocupan mesas en solitario como hago yo. El camarero, joven y alto, tiene un marcado acento argentino. Pido agua mineral y lasaña. Mientras sale la comida, saco el cuaderno, quiero marcar mis rutinas anotándolas. En ese primer día completo en Cedeira queda toda la tarde, toda la noche y ya no sé qué hacer. Queda un mundo allí.

Paso la tarde ordenando todas mis cosas. He sacado la ropa de la maleta, la he planchado y colgado. He colocado los libros en una estantería, reordenado algunos elementos del salón para ganar en simplicidad y he puesto el libro que estoy leyendo sobre un sillón orejero. Lo he sacado de una de las habitaciones para colocarlo junto a la ventana que da a la playa.

En una de las estanterías donde paso el plumero, entre una pequeña colección de clásicos universales, encuentro lo que parece un cuaderno. La pasta es de tela azul con un estampado de flores blancas. Al abrirlo, descubro que es un tríptico de fotografías: un marco desplegable con tres imágenes en blanco y negro de rostros que reconozco, aunque no todos. En el centro están mis abuelos Cibrián y Teresa, ya mayores pero no tanto como en mis recuerdos.

En el lateral izquierdo aparecen mis padres, Juan y Lina, seguramente en su foto de bodas; no tuvieron la ocasión de fotografiarse mucho más porque mi padre murió pronto. La duda surge en la fotografía de la derecha. Está mi tía Gemma, muy joven, acompañada de un hombre. Se encuentran cogidos de la mano en un parque. Él viste traje sin corbata, tiene el cabello oscuro peinado hacia atrás con brillantina y un bigote fino que enmarca una sonrisa contenida. Su rostro es anguloso, con los pómulos marcados y la barbilla firme. Veo unas facciones muy propias de los sesenta, cuando los hombres parecían más serios de lo que eran. La postura erguida y los hombros rectos le dan un aire elegante, casi de actor de cine, aunque en sus ojos oscuros hay algo tímido, como si la cámara lo hubiera sorprendido. Ella lleva un vestido claro con encaje. ¿Sería su novio? No sé quién es él, pero ella está sonriente. Creo que nunca vi en mi tía esa cara de felicidad. Siempre fue más reservada, muy cercana a la parroquia, a veces en funciones de padre para mí, con pocos gestos de cariño y poco propensa a conceder caprichos. Eso sí, aunque era más severa que mi madre, siempre estuvo a mi lado cuando la necesité.

La tarde pasa entre la llegada tardía después de comer y todo lo que he dedicado a la ropa, a la plancha y a esta reorganización del piso. La luz ya baja y está atardeciendo. Desde la ventana veo que el sol se acerca a esconderse tras el monte del otro lado de la ría. Me habría gustado bajar a la playa, pero este trocito de ocaso que veo desde aquí me llena el estómago de un extraño cosquilleo. Me detengo frente al cristal con la mano sujetando las cortinas para que permanezcan abiertas. No sé por qué, pero siento que se me eriza la piel y que se me saltan un par de lágrimas. Intento superar la emoción haciendo una fotografía para subirla a Instagram. «No todos los días terminan igual», escribo en el teclado del móvil.

Tras unos minutos viendo el sol marcharse, anoto en el cuaderno la idea de ver el atardecer a pie de playa cada día. Tengo que hacerlo dentro de esas rutinas para vacaciones que me ha recomendado Minerva, solo tardo dos minutos en llegar desde el piso.

Sin embargo, esta noche prefiero no salir ya. Ceno el pastelón y anoto también comprar una botella de vino porque en casa solo tengo agua. Enciendo la televisión, aunque sin convicción. Solo tiene las cadenas tradicionales y no hay conexión a internet. Tampoco me importa. Hago un rápido *zapping* y vuelvo al sillón orejero para leer. Con el libro de Rosalía entre las manos intento atraer el sueño antes de ir a la cama.

«Cuando te desveles, cuando tengas que esperar, en los ratos en los que no dejes de pensar y no te gusten esos pensamientos, recurre a la lectura», me había dicho Minerva en uno de los mensajes cuando todavía estaba en Zamora.

El libro de Rosalía de Castro con su lenguaje de hace casi dos siglos empieza a hacerse pesado. Me levanto y cojo *Antes de que llegue el olvido*, que traje de la biblioteca. Ganó el Premio Café Gijón el año pasado, en 2023. Habla de las escritoras rusas Anna Ajmátova y Marina Tsvietáieva. No las conocía, pero ahora sé que vivieron una realidad mucho más cruel que cualquiera que yo haya tenido que afrontar.

Cuando creo que tengo sueño, me voy a la cama, pero se repite la situación de tantas noches en Zamora. Cuando alargo el brazo hacia la almohada, no está él, no puedo acariciar el pelo de Héctor y todos los fantasmas vuelven. Al sentir esto todavía me extraña más que en la primera noche aquí durmiera del tirón. Retomo la lectura hasta que me vence otra vez el sueño. La escena puede repetirse: intento dormir y encuentro el vacío, vuelvo al libro, y así una, dos, tres veces, las que hagan falta. También pienso en el hombre de la foto y en mi tía. ¿Y si ella también sintió su ausencia cada noche en esta misma cama?

6

Cedeira, 15 de julio de 2024

Bajo a la playa, aunque no tan temprano como para ver el amanecer. Anoche cogí el sueño demasiado tarde enfrascada en mis pensamientos y terminé quitando el despertador. Sin embargo, con la mañana algo ya avanzada, me llevo una gran sorpresa al pisar la arena. Un hilo de niebla se eleva al fondo de la ría, una espuma que parece suspendida en el aire.

La ría parece contener la respiración. Los barcos flotan inmóviles sobre un azul quieto mientras la niebla avanza como un velo blanco que se descuelga de los montes y acaricia el agua. Me quedo con la boca abierta, da la impresión de que el mar se repliega en silencio. Quizá a estos momentos se refería Minerva cuando me hablaba de alejarme de mis lugares habituales porque, en un instante así, una se olvida de todo. El problema es que, de repente, soy consciente del tiempo perdido entre cuatro paredes llorando, revisando mensajes y fotografías. Pero incluso antes de conocer a Héctor, pasé años encerrada estudiando temas con el único propósito de superar un examen y leyendo textos de legislación que se borran de la memoria en cuanto un reloj dice que termina el proceso de oposiciones.

Ahora estoy en un mundo ajeno a todo aquello. A un lado de la playa hay una familia con dos niños que corren; al otro lado vuelve a estar el pintor. Debe de ser para él un gozo encontrarse frente a un paisaje tan peculiar. Es un hombre mayor, de cabello blanco y barba entrecana, descuidado como si el peine hubiera dejado de importarle hace años. Su figura está algo encorvada por el peso de los días, aunque sus manos se mueven con una energía obstinada sobre el lienzo apoyado en un caballete torcido en la arena. Es curioso porque su dejadez aparente contrasta con la meticulosidad y la fuerza que aplica a su trabajo. Parece más un jornalero que un pintor, alguien que maneja los colores como quien labra la tierra.

A su lado, un maletín de madera abierto deja ver pinceles manchados, tubos de óleo gastados y un frasco con agua turbia que refleja la luz matinal. Trabaja en silencio, absorto, como si nada existiera alrededor. Desde donde estoy no alcanzo a ver qué pinta. Solo diviso su espalda, la tela que para mí sigue en blanco y la certeza de que en ese gesto hay más que un simple cuadro.

Antes de sentarme, saco el móvil de la bolsa y hago una fotografía que segundos después subo a una historia de Instagram: «La magia de la niebla sobre la ría».

Extiendo la toalla y me tumbo. Sobre el hilo de niebla ya se eleva el sol creando un contraste que creía imposible. La brisa es fresca y con mi camisa de manga larga encuentro una temperatura agradable. Cierro los ojos, los abro, intento guardar este instante para retenerlo más tarde cuando me falte la calma.

Doy una cabezada y, al poco, doy un respingo en mi sitio. Tengo la sensación de que ha pasado un mundo, pero no han sido más de cinco minutos. Todo sigue igual: el agua en calma, la niebla, las barquitas, el pintor y la familia con los niños jugando. Me levanto y camino descalza hasta la orilla. El agua está helada y la niebla sigue flotando al frente, niebla que trae recuerdos.

Fue la semana en la que Héctor y yo fuimos a Santander para presentarle a mi madre. También estuvimos en Pedreña visitando a Minerva y Alberto. No atravesaban su mejor momento después de un aborto y porque, además, el padre de ella acababa de ser operado en Málaga de urgencia, aunque se recuperó bien. Intenté hacerlos sonreír y, para eso, Héctor era el mejor contando anécdotas de su infancia en el pueblo. A la vuelta hicimos parada en Ribadesella, Cangas de Onís y subimos a los Lagos de Covadonga. La niebla no nos dejó ver nada. Nos bajamos del coche y junto a nosotros solo había una vaca comiéndose los restos de un bocadillo que algún turista le había dejado. Héctor recordó cuando, en una excursión, una vaca se comió su único bocadillo y tuvo que alimentarse de manzanas verdes que le ocasionaron dolores de estómago durante días. Desde entonces apenas probaba las manzanas.

Miro hacia el pintor. Ha dejado los utensilios sobre una lona pequeña extendida en la arena. Se quita la camiseta dejando entrever un cuerpo delgado de vello canoso. Lo deja todo atrás con aparente despreocupación y entra en el agua sin que parezca importarle el frío. Comienza a nadar a braza, mirando al frente, a esa niebla que parece tan cercana, aunque esté a cientos de metros de la orilla. Su brazada es tranquila y suave, como si estuviera entrando en el paisaje que luego va a llevar a sus cuadros.

El pintor se aleja por la ría y a mí me despierta curiosidad. Me levanto y me acerco al lienzo para ver qué está pintando. Al principio, los brillos del día me impiden ver con claridad, pero cuando avanzo unos pasos y encuentro el ángulo adecuado, lo que veo me deja helada.

A primera vista, las pinceladas amplias en la parte superior parecen traducir el cielo grisáceo y la bruma: veladuras de blanco y azul que crean una atmósfera suspendida. En la base del cuadro, los tonos más densos (verdes profundos y ocres húmedos) evocan las rocas cubiertas de algas. Pero cuando fijo la mirada, la composición cambia. Entre esas manchas que creí mar y niebla surge con claridad un contorno humano. La pincelada se afina, el trazo es más preciso: un rostro joven, labios delineados con suavidad, una expresión serena que contrasta con el dramatismo del entorno. El cabello oscuro cae sobre los hombros en mechones difuminados. Y los ojos, como dos sombras luminosas, sostienen la fuerza del cuadro.

Di por hecho que era un paisaje, el paisaje que él tiene enfrente, pero no lo es. El lugar solo sostiene esa figura femenina. Y en esa mujer hay algo perturbador, un rostro que he visto en algún sitio. Se parece tanto a mi tía Gemma de joven que siento un escalofrío. Él no está pintando la ría de Cedeira; pinta a una mujer. ¿Será ella? ¿Pinta un recuerdo? ¿Un amor?

Aquel hombre nada ya de vuelta. Yo recojo mis cosas y salgo deprisa de la playa mientras él todavía se acerca a la orilla con brazadas lentas. Huyo. ¿Por qué?

Segunda parte

7

Cedeira, 17 de julio de 2024

Han pasado dos días desde que vi a mi tía en el lienzo. No tengo dudas. La imagen del cuadro se quedó grabada en mi mente y he revisado mil veces la fotografía. Era ella y, en parte, era yo porque tenía mucho de mí en aquella época. Vuelvo a pisar la playa de la Magdalena a la misma altura. He pensado en ello y he decidido hablar con él.

Ahí está como la otra mañana, alimentando el lienzo. Me acerco. Hoy no hay niebla, pero mis pies se hunden en la arena húmeda hasta que la distancia ya no puede sostener el silencio. El pintor levanta la cabeza sorprendido por mi presencia. Sus ojos se detienen en mí con un destello de duda.

—¿Eres su hija? —pregunta sin presentarse ni adornar la frase.

No entiendo a quién se refiere, aunque enseguida noto que su mirada baja un instante a mi cintura, vuelve a mis ojos y se queda fija. Siento un vértigo extraño.

—Perdón… —acierto a decir—. ¿De quién habla?

Él deja el pincel apoyado en el borde del lienzo. Suspira como si estuviera a punto de soltar una carga guardada demasiado tiempo.

—De ella —dice señalando con la barbilla el retrato de la joven que emerge en la tela.

—Creo que soy su sobrina. Me parece que es la hermana de mi madre. Mi madre no es porque no tuvo nunca ese pelo, ese color de ojos ni ese gesto.

—Gemma.

—Sí. Gemma, mi tía.

—Te reconocí el otro día. Cuando miraste el cuadro y saliste corriendo.

—Porque me sentí la protagonista de una novela. Estás tan tranquila en la playa, disfrutando del paisaje y de repente te levantas a ver un cuadro que piensas que es del propio paisaje y te encuentras el retrato de alguien de tu familia o de ti misma. ¡Menuda paranoia! ¿Por qué?

—Fue una vieja amiga.

—No creo que fuese solo una vieja amiga. He visto mil veces una foto en la casa de mi tía. Está con un hombre… no estoy segura del todo porque el tiempo ha pasado. Usted está…

—Viejo.

—Supongo, también menos arreglado, pero creo que podría ser usted. Su antiguo amor, quizás el único que se le conoció.

—Quizás.

—¿Quizás? Creo que podríamos hablar de aquellos tiempos.

—Sí, pero no aquí. No es espacio ni momento para estas conversaciones vitales. Si te parece, esta tarde hablamos mientras tomamos un café. Eso si no tienes mejores planes. En fin, si quieres, sé que soy un vejestorio.

—No es porque sea usted mayor, eso me da igual. Es porque no le conozco de nada.

—Esta tarde, a partir de las seis, estaré en una de las terrazas de la plaza Roxa. Búscame por allí. Te llevaré algo.

Da media vuelta, coge el pincel y continúa pintando. Vuelve a colocarse frente al caballete como si yo no estuviera allí, con la misma calma obstinada, midiendo distancias entre el mar y la tela. Da dos pasos atrás, ladea la cabeza, avanza de nuevo y deja una pincelada corta. Luego otra. Lo observo de espaldas, su cuerpo inclinado hacia el lienzo, y me parece que su silencio pesa más que cualquier explicación. Yo me quedo quieta un instante, con la sensación de haber abierto una puerta que no sé cerrar y de llevarme encima un saco de incógnitas nuevas.

Con mi sospecha principal confirmada, surgen ahora muchas más preguntas. No tengo fuerzas para tumbarme en la playa. Dudo y termino retirándome del pintor. Camino por toda la orilla y después vuelvo al piso por el interior del pueblo, por la avenida Castelao.

Paso junto a una librería que me llama la atención, aunque no tengo sosiego para mirar estanterías con libros. Una vez en casa, vuelvo a la fotografía de mi tía de joven y sí, es él, no hay duda. El pintor, afeitado y sin arrugas, con el pelo corto y un bigote fino, con traje ajustado y de espalda ancha, hecho un pincel; muy distinto al hombre desaliñado que he visto esta mañana.

¿Iré a la cita? Me miro al espejo. Veo un rostro cansado, lleno de incertidumbres que no sé si debo formular. ¿Qué hago aceptando una cita con un desconocido en una terraza cualquiera de Cedeira? No sé nada de él salvo que pinta cada mañana la misma figura de hace cuarenta años y que me confundió con una prima que no tengo. ¿Por qué la pinta tantas décadas después? ¿Qué ha hecho él durante todo este tiempo? ¿Será un loco? ¿Un hombre perdido que arrastra fantasmas en forma de lienzos?

Recuerdo que me hice una pregunta parecida cuando conocí a Héctor. Entonces él era distinto: correcto, amable y casi solemne. Pero la primera vez que lo vi fuera de la biblioteca me asaltó la duda de si era la misma persona. Ese hombre, algunos años mayor que yo, que me dejaba mensajes entre libros… ¿quién era?, ¿qué pretendía? Pero me atraía y me lancé sin pensar demasiado.

Ahora no hay nada de eso. No hay chispa ni promesa. Solo la intuición de que este pintor guarda un trozo de la historia de mi tía y quizá una clave para entender la mía. Por eso acepto la cita, porque necesito comprender qué sabe él y qué explica esa mirada suya cargada de pasado. Pero sigo preguntándome si no estaré a punto de cometer una imprudencia.

He vuelto a comer pastelón del horno de la avenida. Me había propuesto llevar una vida más sana durante estas vacaciones y esta mañana he cumplido caminando bastante, pero este encuentro con el pintor me desequilibra y no tengo calma para cocinar. Me doy una ducha. El agua cae y me aporta claridad, la misma claridad que suele darme Minerva. Salgo envuelta en la toalla, me seco los pies y voy al salón buscando en el móvil su mensaje.

WhatsApp. Minerva — 15:47

Ve, Gema. No pienses en él como un extraño peligroso, sino como una oportunidad para entender algo de tu historia. No tienes nada que perder por sentarte a escuchar lo que un hombre mayor quiere contarte. Lo desconocido no siempre es amenaza, a veces es un espejo que necesitamos para vernos. Además, si algo no encaja, te levantas y te vas. Tú marcas el límite. Ir te dará más respuestas que quedarte encerrada en suposiciones.

Abro el armario sin saber qué ponerme. No quiero arreglarme demasiado ni presentar la imagen de quien no da importancia a la cita. Elijo un pantalón vaquero claro, una blusa blanca de lino con botones y unas sandalias cómodas. Cojo una chaqueta fina y el bolso cruzado donde guardo el móvil, las llaves y un cuaderno pequeño. Antes de salir me hago una foto y se la mando a Minerva: «Allá voy». Me gusta y también la subo a las historias de Instagram.

Mientras camino pienso en qué voy a decirle. No quiero sonar a reproche ni a curiosidad malsana. Quizá empezar con algo sencillo: «Perdón por la torpeza de esta mañana, me sorprendió lo que dijo». O dejar que hable él y escucharle como hacía con los usuarios más mayores de la biblioteca.

Llego a la plaza Roxa por un lateral junto al parque infantil. Es un espacio alargado rodeado de bares con terrazas. Él no me dijo el lugar exacto, pero no hay demasiada gente y lo veo pronto bajo un toldo azul, sentado en una mesa de la parte central. Cruzo junto a los columpios donde los niños juegan.

El hombre me ve y me hace una señal con la mano. Le devuelvo el gesto y me siento frente a él.

—¿Qué quieres tomar?

—Una cocacola estará bien.

Levanta la mano y el camarero se acerca enseguida. Se dirige a él por su nombre: Mauro. El pintor pide el refresco.

—Esta mañana no me dijo su nombre. Ya lo sé por el camarero.

—Sí, por aquí sigo siendo Mauro el pescador, aunque todos me vean pintar. Pero tutéame. Tú tampoco me dijiste tu nombre.

—Gema. Pero solo con una eme. Mis padres pensaron que era más sencillo así.

—Entonces tienes nombre de piedra preciosa.

—Eso parece.

El camarero trae la cocacola en vaso con hielo y limón. Le doy un sorbo y la dejo sobre la mesa.

—Tampoco quiero darle muchos rodeos a esto —digo—. ¿Qué puedes contarme sobre mi tía? Sobre esos cuadros y su relación con ella.

Mauro tarda en responder. Se pasa la mano por la barba blanca como si buscara ordenar las palabras.

Y es entonces cuando veo sus manos: robustas, curtidas, con los nudillos abultados y la piel azotada por años de sol y salitre. Son manos de trabajo duro, no de pintor. Manos que han sostenido redes mojadas, cabos tensados y días enteros sobre un barco enfrentado al clima. Manos que contradicen la delicadeza con la que coge el pincel.

Cuando por fin levanta la cabeza, sé que está a punto de abrir una historia que lleva décadas guardando.

8

Cedeira, 15 de septiembre de 1971

Tuve que subir aquella escalera con la caja de herramientas en la mano y la humedad pegada a los muros. Solo me habían dicho: «Es la casa nueva de la maestra». Yo iba a arreglar unas puertas que se hinchaban con el aire salado y, sin embargo, ya desde el rellano me dio por pensar que no iba a ser un trabajo más.

Cuando llamé a la puerta y ella abrió, lo primero que vi fue su manera de mirar: educada, sí, pero con una reserva que ponía límites sin levantar la voz. Venía de la ciudad, con su plaza recién obtenida, libros bien cuidados y vestidos demasiado formales para un pueblo donde la lluvia lo moja todo. Tenía la espalda recta y las manos quietas, como si sostuviera el mundo por dentro.

—Pase —dijo.

Pasé. Y sentí que entraba en un sitio donde el silencio tenía otro peso. En el salón había una mesa con cuadernos, un libro con ilustraciones llamativas y un bolígrafo que parecía no descansar nunca. Yo, en cambio, entré haciendo ruido: el martillo, el hierro, la madera que crujía y la torpeza de mis botas sobre el suelo. Quizá por eso, por contradecir su calma, me sentí observado.

Durante las primeras horas trabajé sin decir casi nada. A veces golpeaba más fuerte de lo necesario, lo reconozco, y la veía levantar la cabeza un instante, como si el sonido la sacara de lo que estaba corrigiendo. No me miraba con reproche, sino con paciencia. Yo me sentía un desconocido proveniente de un mundo rudo, el mundo de la mar.

—¿Le falta mucho? —me preguntó un día, sin levantar del todo la vista.

—Poco, señorita —le respondí—. La madera está hinchada por la humedad, pero lo dejo listo.

Respiró hondo, como buscando paciencia, y siguió con lo suyo. Aun así, no me habló mal. Yo, que siempre fui curioso, me entretenía mirándola de reojo: aquellos cuadernos, aquella letra y aquel mundo de palabras que yo apenas rozaba. Un mundo que me atraía y me dejaba fuera a la vez.

Al principio, se notaba que se sentía invadida. No por mí como hombre, sino por el ruido. Su casa era su refugio y yo era el extraño que entraba con herramientas y desorden. Pero poco a poco, sin que yo entendiera cómo, empezamos a hablar. Y fue ella, no yo, quien abrió la conversación.

Fue una mañana tranquila. Yo lijaba el marco del salón y el polvo de la madera se me pegaba a las manos. Ella dejó el bolígrafo y preguntó:

—¿Usted trabaja en la mar?

Su voz era suave, como si anduviera siempre de puntillas.

—Sí, cuando hay faena —contesté—. Y cuando no, hago arreglos por aquí y por allí.

—No debe de ser fácil —dijo—. Dependerá mucho del tiempo.

—Depende del tiempo y de uno mismo —añadí—. Pero se hace lo que se puede.

Y, a partir de ahí, la conversación fluyó como si lleváramos días hablando. Yo le conté cómo crujía la madera de las barcas al subir la marea, cómo el olor a gasoil se mezclaba con la sal y se te pegaba a la ropa o cómo el viento cambiaba el carácter de los hombres. Ella escuchaba de una manera que pocas veces había sentido: inclinaba un poco la cabeza, no para coquetear, sino para no perder un detalle, como si mis palabras le estuvieran abriendo una ventana a un sitio que intuía, pero no había pisado.

Un mediodía, mientras ajustaba una bisagra, se acercó más de lo habitual. Lo noté por el calor mínimo de su presencia en el aire.

—¿Hace mucho que vive aquí? —me preguntó.

—Toda la vida —dije—. Mi padre también fue marinero. Mi madre estuvo con nosotros hasta que pudo.

Ella bajó la mirada y murmuró, casi para sí:

—Debe ser duro perder a la madre tan pronto.

No supe qué decir. A mí las palabras me salían peor cuando importaban. Para salir del paso, le pregunté por la suya. Se quedó callada, con las manos entrelazadas en la falda, como si aquello la devolviera a un sitio que no quería visitar.

—También la perdí hace años —respondió al fin—. Supongo que por eso aquí también estoy un poco sola.

Aquello lo cambió todo. No hubo dramatismo ni lloró, pero en esa frase se me abrió algo por dentro, como si dos silencios se reconocieran. Desde ese día ya no estuvo tan rígida y yo, que siempre fui tosco, también me aflojé un poco.

Empezó a hablarme de sus alumnos: de los niños que llegaban con los cuadernos mojados por la lluvia, de los padres que venían a quejarse o de los que no venían nunca. Me preguntaba por las familias, como si de verdad le importara. Y yo, que estaba acostumbrado a que a nadie le importara lo que yo veía, me encontré hablando más de la cuenta.

Una tarde, mientras remataba el borde de una puerta, dijo:

—Aquí la lluvia es distinta. No parece agua, parece un peso.

—Aquí llueve la vida entera —le respondí medio en broma.

Y entonces sonrió por primera vez. Una sonrisa pequeña, pero luminosa. Me dejó sin defensas. Recuerdo que pensé que nunca había visto una sonrisa tan contenida y a la vez tan franca.

A partir de ahí todo fue natural. Si yo iba al puerto, ella pasaba por allí con cualquier excusa: una carta para el correo o un recado para la escuela. Si ella volvía del colegio, yo encontraba un modo de coincidir en la calle. A veces bastaba un «buenos días»; otras, un comentario sobre el tiempo. No hacía falta decir mucho, ya intuíamos que nos buscábamos.

Yo la miraba de reojo, intentando que no se notara demasiado, pero desde el primer día supe que era distinta. Distinta en la forma de andar, en la manera de observar y en el silencio que traía con ella. Era un silencio como de cargar preguntas que no pronunciaba. Y aunque quise tener cuidado, ese cuidado no servía: estaba perdido por ella.

Lo nuestro se volvió serio sin que nadie lo nombrara. Primero nos vimos de vez en cuando y, poco después, casi a diario. Fue una época luminosa. Y, después de unos meses, viajamos a Santander.

Yo iba muerto de miedo. No por el viaje, sino por lo que significaba. Me presenté ante su padre como se hacía antes (al menos como se creía que se hacía) y pedí permiso para ser el novio de su hija. Así lo dije, con una seriedad que me quedaba grande. Él me miró un buen rato, como intentando descifrar qué intenciones llevaba yo: un hombre de manos ásperas y vida de puerto frente a una maestra culta y discreta.

Al final aceptó. Y ese sí nos hizo felices como si nos hubiera dado un futuro por adelantado.

A partir de entonces, pudimos mostrarnos tal y como éramos. En mi caso, pude satisfacer toda mi curiosidad. Al principio, ella me leía libros en voz alta. Yo escuchaba como quien escucha un idioma nuevo. Después me enseñó a leer y a escribir mejor, porque yo sabía poco más allá de firmar y entender lo necesario. Me hablaba de autores que yo no había oído nombrar nunca. Y como sabía que la pintura me atraía, lo veía en cómo me quedaba embobado mirando un cartel o un cuadro en una revista, me consiguió manuales, biografías de pintores y catálogos viejos.

Sentí como si se me abriera una ventana a un mundo que no era el mío, pero que, aun así, me pertenecía. Nunca nadie había creído en mí de esa manera. Nunca nadie había puesto un libro en mis manos con esa confianza.

Pero lo bueno no duraba siempre. Y menos para alguien que no supo estar a la altura.

En el pueblo no veían bien nuestra relación. Había quien decía que una maestra de ciudad no debía enredarse con un pescador sin estudios. Y, desde hacía tiempo, uno de los hombres más influyentes del puerto quería casarme con su hija. Yo nunca quise nada con aquella muchacha. No me interesaba, pero ocurrió algo. Una noche, la chica me esperó, me buscó y no supe decir que no. Yo tenía veintitantos años y la vida no me había enseñado a negarme al placer.

Quizá no valgan las excusas, pero cometí un error imperdonable.

Fue todo muy rápido, torpe y sin amor. Precisamente por eso fue aún más sucio. Al día siguiente, Gemma lo supo. Lo supo ella y lo supo todo el pueblo. Aquí las cosas vuelan más rápido que el viento del norte.

Yo no lo negué. Le pedí perdón días y días. Le llevé cartas escritas con una torpeza que me daba vergüenza, aunque fueran sinceras. Le hablé de viva voz cuando quiso escucharme y también cuando no quiso, pero nunca me perdonó.

Cuando la miraba veía un dolor que yo había provocado y que no tenía derecho a pedir que desapareciera.

Al final, me fui. Me embarqué en barcos que zarpaban cada vez más lejos, tratando de dejar atrás la vergüenza. Pasé noches enteras en cubierta viendo cómo el agua chocaba contra el casco y pensando en ella mientras las luces de los puertos se hacían pequeñas. Conocí otras mujeres, sí, pero ninguna se parecía a Gemma. Nunca encontré a nadie que me mirara como ella me miró la primera vez, con esa mezcla de distancia y verdad. Es una añoranza que ya se quedó conmigo para siempre.

9

Cedeira, 17 de julio de 2024

Me quedo en silencio, doy varios buches seguidos a la cocacola, miro al hombre, miro a la plaza, al vacío, no sé qué decir, ni siquiera sé si debo decir algo. Sus palabras todavía flotan entre nosotros, pesadas, cargadas de un pasado que yo no conocía y que de pronto siento tan cercano.

—Y ahora llegas tú y te pareces muchísimo a ella. A tu madre la conocí, era algo más joven que Gemma, la vi cuando fuimos a Santander. Tu tía al principio no quería ir, pero yo la terminé convenciendo.

Habla de mi tía, pero en su voz resuena algo que me toca de lleno, como si contara también mi historia.

Él cometió un error, lo reconoció, pidió perdón… y no lo obtuvo. Y ella, tan firme, tan seria, eligió no volver atrás. Y toda su historia me lleva a pensar en la mía con Héctor. Yo ni siquiera he conocido el error, no he tenido la oportunidad de perdonar o no perdonar, de volver o no volver atrás.

Observo el vaso en la mesa y las gotas que resbalan por el cristal. Pienso en mi tía, severa, discreta y guardando un secreto que nunca compartió conmigo. Pienso en mí, cargando con un silencio parecido, incapaz de desprenderme de un amor que también me dejó en ruinas. Quizá sea eso lo que más me inquieta: descubrir que no solo me parezco a ella en la cintura o en la mirada. También me parezco en el modo de sostener una ausencia, de dejar que un amor imposible marque mi vida más de lo debido. Y me asusta pensar que termine como ella: rodeada de recuerdos, con una sonrisa borrada en las fotos y demasiadas palabras guardadas para siempre.

Lo miro durante un buen rato, intentando descifrar cuánto de culpa y cuánto de amor hay en sus palabras. Y, de repente, me sale sin pensarlo:

—¿Puedo verlos? —pregunto en voz baja—. Los cuadros que has pintado de ella.

Le he hablado de tú por primera vez. Él levanta la cabeza, sorprendido, como si no esperara la petición o aquella cercanía repentina. Se acaricia la barba, duda un instante y asiente despacio.

—Están en la vieja casa de mi familia, en la planta alta de donde vivo —responde—. Un lugar algo desordenado, lleno de polvo y de cosas que ya no sirven. Allí tengo mis pinturas. Poca gente entra, salvo yo. Pero si no te asusta, puedes ir sin problema.

Siento un ligero escalofrío, mezcla de expectación y temor.

—No me asusta —respondo, casi segura de que es verdad.

Él sonríe con la boca pequeña, como agradeciendo la confianza, y añade:

—No habrá problema. Mañana volveré a estar en la playa. Si quieres nos vemos allí y vamos andando, está al otro lado del pueblo, en el barrio de Crónicas, pero no es más de un cuarto de hora a pie. Te enseñaré lo que nunca suelo enseñar a nadie.

El silencio se hace largo entre nosotros. Hablamos todavía de cosas pequeñas, del tiempo cambiante en la ría y del olor a salitre que todo lo impregna. Son palabras que rellenan los huecos, pero sé que ninguno de los dos está en ellas, sino en lo que hemos dejado pendiente. Me levanto despacio, colgándome el bolso. Él no se mueve, se queda sentado mirando la mesa, como si no quisiera romper el instante.

—Hasta mañana —digo. Me sorprende lo firme que suena mi voz.

Camino en dirección al piso de la tía con la sensación de que acabo de abrir una puerta que llevaba demasiado tiempo cerrada. Cerca de mi destino, me siento un rato en el parque, tengo un mensaje de Minerva en el móvil preguntando si todo va bien. Decido llamarla, me desahogo y le cuento la historia intentando ser fiel a la versión que me ha contado aquel hombre. Ella me dice que es una historia dolorosa, pero increíble. Me pregunta si lo he visto sincero y arrepentido de lo que hizo, pero no creo tener respuesta porque no lo conozco. Tras casi media hora al teléfono en la que ella también me habla de sus cosas y de la última ecografía, cuelgo y me reencuentro con el momento que buscaba cuando me senté en aquel banco.

Guardo el móvil en el bolso y me levanto. El parque se ha quedado en silencio, apenas roto por el canto de algún pájaro. Respiro hondo. Siento el eco de las palabras de Mauro mezclado con la voz de Minerva, como si mi presente y mi pasado se hubieran fundido en una misma conversación. Levanto la mirada: el sol desciende despacio sobre la ría y tiñe el agua de un naranja líquido que se confunde con el recuerdo. Pienso en mi tía, en el amor que guardó en secreto, en los errores que nunca perdonó. Pienso en mí, en Héctor, en lo que aún me pesa. Y por un instante, mientras la luz se apaga detrás de los montes, siento que la historia, la culpa, el perdón y la memoria quedan suspendidos en ese mismo atardecer, como si el tiempo quisiera concederme un respiro antes de obligarme a seguir adelante.

10

Cedeira, 18 de julio de 2024

> ***WhatsApp. Minerva — 09:22***
> *He estado toda la noche dándole vueltas a lo que me contaste de Mauro y de tu tía. Es una historia que duele porque me recuerda al amor de mi propio padre, ese que pudo retomar cuarenta años después como si el tiempo se hubiera detenido. Tu tía no tuvo esa segunda oportunidad y ahí está la gran diferencia: no siempre se nos concede volver atrás.*
>
> *Lo que sí podemos elegir es no quedarnos congelados en el pasado, como si nuestra vida se hubiera roto en ese único instante. Tu tía no pudo perdonar y se encerró en su decisión. Tú aún puedes elegir otro camino: aceptar que hay heridas que no sanan con respuestas, pero sí con la decisión de vivir de otra manera.*
>
> *Mi consejo, como psicóloga y como amiga, es que no conviertas a Héctor en la medida de todo lo que te pase. Escucha a Mauro, comprende su historia si te ayuda, pero no repitas la misma condena de tu tía. Empieza a construir un presente que no dependa de alguien que ya no está. La libertad está en dejar de esperar.*

Leo el mensaje de Minerva justo después de hablar con mi madre. Le he contado cómo transcurre mi vida aquí en Cedeira de forma liviana, no he tenido la calma ni la valentía de hablarle del pintor y de la historia que me contó, así que todo se ha limitado a contarle lo buenos que están los pastelones, el increíble paisaje de la ría con sus atardeceres y la tranquilidad que aquí se respira. Ella vive en casa de mi hermano en Santander. Allí tampoco tiene demasiadas novedades, pero bastante es ya tener que cuidar de mis sobrinos mientras sus padres trabajan. Que ella esté allí, me da tranquilidad y también se la da a mi hermano, que tiene niñera y cocinera.

Se acerca el momento. Me ilusiona reencontrarme con el pintor de la playa e ir hasta su casa para ver sus cuadros. Estoy nerviosa y llena de preguntas. Por lo que vi en el lienzo al que estaba dando forma, pinta bien, al menos a mí me gusta.

Hago la cama, barro el piso, recojo la cocina lavando en el fregadero los utensilios del desayuno y, cuando finalizo, vuelvo al retrato en blanco y negro. Mi tía joven, de la mano de Mauro, los dos congelados en un tiempo que ya no existe. Me los imagino paseando por las calles estrechas de Cedeira, ella con sus vestidos claros, él con las manos curtidas por la mar. ¿Verían los atardeceres en la playa? ¿Se arroparon en los días de frío? ¿Les cogería algún horizonte de niebla? La imagino a ella inclinada sobre una mesa, mostrándole las letras, corrigiendo su trazo torpe y leyendo en voz alta mientras él la observa con esa fascinación de quien descubre un mundo nuevo. Pienso que quizá aquella fue la única vez en que ella se permitió ser feliz de verdad.

Hay tanta distancia que parece una ficción. Pero aquel pensamiento me lleva de forma automática a Héctor. Yo era la metódica, la científica de los libros, la que buscaba el orden absoluto, la clasificación perfecta, como si la vida pudiera colocarse en estantes numerados. Y él, en cambio, me enseñó otra forma de mirar. Decía que un libro respiraba, que cada página tenía un pulso, que una sola palabra entre cientos podía cambiar la lectura entera de una obra literaria y de la vida.

Lo recuerdo con nitidez, en aquellas tardes en su casa. Tomaba un volumen de Antonio Machado de la estantería, lo abría al azar y buscaba un poema como quien abre una ventana. Me tendía el libro y señalaba un verso. Después se recostaba y empezaba a reflexionar, a tirar de esa línea como si fuera un hilo infinito. Podía pasar una hora hablando de un único verso, desgranando metáforas, conectándolo con la vida, con la política, con el amor, hasta que la frase adquiría una densidad que yo nunca habría imaginado. Yo lo escuchaba entre fascinada y desconcertada, viendo cómo algo tan breve podía contener tanto. ¡Qué pesado! Pudieran pensar otros, pero la cadencia de sus palabras me hacía seguirlo como hipnotizada. Otra vez me sorprende una lágrima, la de la pérdida.

A veces cerraba el libro de golpe y me miraba sonriendo, como si me hubiera enseñado un truco secreto. Y era cierto: desde entonces nunca pude volver a abrir un libro sin preguntarme qué palabra, qué simple palabra, me estaba esperando para dar sentido a todo lo demás.

No. No voy a llorar. Tengo ahora otro reto, recuperar los recuerdos de mi tía con Mauro. Puede ser que ya no valga de nada. O sí. Tampoco vive Antonio Machado, pero no olvidar sus versos elevan su importancia. Aunque hablemos de algo menor, si hay unos retratos que devuelvan a mi tía al recuerdo de un amor, debo, al menos, conocerlos.

Me visto sin pensarlo demasiado. Un pantalón cómodo, la blusa ligera y una chaqueta fina. El cielo está algo nublado, con esas nubes grises que se deslizan rápidas, como si vinieran de mar adentro a cubrirlo todo por momentos.

Avanzo hacia la playa con paso lento, escuchando el crujido de las suelas en la madera y después el rumor de la arena cediendo bajo mis pies. El aire tiene un punto salado más intenso que de costumbre y la brisa me alborota el cabello. Miro al horizonte y parece que la ría se esconde bajo un velo de luz opaca, como si la mañana entera estuviera contenida en un silencio expectante.

Mauro está allí, en su rincón de la playa. Diviso a contraluz su silueta frente al caballete, su cuerpo inclinado sobre el lienzo y el gesto ensimismado de quien lucha por atrapar algo que se le escapa. Camino hacia ese punto con una mezcla de recelo y curiosidad, sabiendo que lo que voy a escuchar o ver en sus cuadros no será solo su historia, sino también un espejo de la mía.

Al llegar doy los buenos días y él devuelve el saludo con gesto sereno. Apenas dice un par de palabras, pero sus movimientos hablan. Sabe por lo que estoy allí. Recoge los pinceles con cuidado, los introduce uno a uno en un recipiente que cierra de forma hermética y este en una mochila de tela que huele a pintura seca. Me ofrece el lienzo y yo lo tomo con los dedos algo temblorosos, temiendo estropearlo; él me indica suavemente cómo sostenerlo, asir y mantenerlo sin apretar. Una vez que lo acomodo entre mis manos, él pliega el atril.

Me hace un gesto para que avance. Comenzamos a caminar y la playa queda atrás. El cielo sigue encapotado y la bruma parece disiparse en el aire marino. Mientras caminamos por el Camino Real hacia el barrio de Crónicas (un conjunto singular costero de casas para pescadores tradicionales) él comienza a hablar del pueblo y de sus transformaciones.

—Cuando yo era joven —dice, mientras avanzamos—, aquí todo giraba alrededor del mar. Nos levantábamos con la primera luz y zarpábamos sin pensar en nada más que en los peces que el mar nos debía. Luego, estas calles estarían desiertas hasta bien entrada la mañana. En las casas del barrio todavía quedan algunas familias descendientes de nuestra generación, otras se han alquilado e incluso alguna se dedica al turismo. Son pequeñitas, pero acogedoras. Eso sí, ha perdido el sabor de antes. Ahora veo casas de colores, fachadas recién restauradas y balcones acristalados que antes no eran así.

—¿Y por qué se llama barrio de Crónicas?

—A mí no me cogió ya por aquí, pero fue por una iniciativa vecinal para reconocer la memoria del mar y de su gente. Todo cambió cuando llegaron fábricas, la pesca se empezó a hacer de otra manera... —continúa Mauro—, muchos marineros buscaron trabajo en tierra y comenzó a vivir gente nueva.

Entramos en las callejuelas de trazado irregular donde se asoman flores y balcones con musgo. Subimos hacia el barrio y siento como si cada piedra contara historias y, a la ría, latir al ritmo del paseo.

—Pero incluso con los cambios —confiesa mientras atraviesa una rúa solitaria donde aún se ven antiguos acabados de madera—, sigue habiendo días en que el viento trae el recuerdo de clavos, de anzuelos y del olor del pescado… como si nada del ayer se hubiera ido del todo.

—Y todo eso también te trae los recuerdos de ella.

—Y de mis padres, de mis hermanos, de los tiempos de un montón de personas viviendo en la misma casa, los temporales, pero sí… sobre todo me viene el recuerdo de tu tía.

Llevo el lienzo contra el pecho, entregada a ese presente compartido: la historia de amor rota, ese eco que resuena en cada acera, la promesa de entender algo más y de reconstruir el pasado sin repetirlo. Avanzo mientras la playa y el puerto quedan detrás; voy sumergida en el silencio del pueblo descrito por Mauro que ha cambiado, pero sigue siendo el mismo.

Llegamos a una calle estrecha, encajada entre fachadas que parecen vigilarse unas a otras. El lugar me resulta familiar: no está lejos de donde el otro día caminé hacia la biblioteca, pero aquí el aire es distinto, más denso, como si el tiempo hubiera decidido detenerse.

—Aquí es —dice Mauro.

La casa aparece ante mí, con paredes encaladas que ya no saben ocultar las grietas y un balcón herrumbroso con una barandilla que no recuerda la última mano de pintura, mordida por la sal y por los años. Los ventanales son pequeños, con marcos pintados de un gris apagado algo descascarillado. Tras los cristales se adivinan cortinas amarillentas, rendidas al polvo. El farol de la esquina cuelga torcido, como un centinela que ilumina a duras penas. Es una casa de fachada estrecha, en dos plantas, con un tejado que parece estar en equilibrio.

Contemplo la casa con la misma sensación que dejan ciertas fotografías antiguas: la desesperanza de un tiempo pasado que siempre parece mejor y el eco de voces que ya no están. Cuesta imaginar que detrás de esas paredes pueda haber algo distinto de abandono y penumbra, menos aún un tesoro artístico. Me sorprende pensar que aquí, entre manchas de humedad y maderas carcomidas, Mauro guarde su memoria en forma de lienzos. Porque es una casa que no parece del siglo XXI, donde han podido pasar décadas desde que jugaron sus últimos niños, donde las reparaciones se han ido atrasando y acumulando y donde la dejadez puede que sea la actividad principal.

Acaricio el borde del cuadro que aún llevo conmigo, como si fuera un talismán, y no puedo evitar dudar: ¿qué encontraré dentro?, ¿realmente quedará algo aprovechable en un lugar que parece empeñado en recordarme que todo, tarde o temprano, se desmorona?

Mauro empuja la puerta con esfuerzo, como si la madera hinchada resistiera cada visita. Al entrar me envuelve un olor denso, mezcla de humedad, lejía reciente y ese perfume inconfundible de las casas viejas donde todo parece haber absorbido el paso de los años. La planta baja es un único espacio en el que late toda su vida: una cocina pequeña con azulejos gastados y una mesa de formica, el salón comedor reducido a un par de sillas y un pequeño televisor apagado. En una esquina, casi escondida tras un biombo, hay una cama estrecha cubierta por una manta áspera. Comprendo al instante que ahí pasa las noches, entre cacharros y libros apilados sin orden.

El suelo de baldosa brilla demasiado, como si hubiera sido fregado esa misma mañana. Sobre la mesa, los cubiertos parecen recién alineados, un gesto torpe de hospitalidad. Hay un intento de orden desesperado: trapos doblados en un estante y una fregona húmeda apoyada en la pared.

—Perdona el estado de la casa —murmura él, bajando la mirada—. Hice lo que pude para ponerla un poco decente, pero ya ves… no soy muy de orden.

No digo nada, solo asiento con un gesto porque la disculpa me parece más sincera que la limpieza. Ver aquel espacio me da tristeza por comprender que aquella persona está sola.

Señala entonces una escalera estrecha, de peldaños a los que les falta alguna baldosa. Se inclinan hacia arriba como si se deshicieran en la penumbra. Desde abajo parece no llevar a ninguna parte, un pasillo suspendido en el aire.

—Los cuadros están arriba —dice con voz queda—. Es mi taller, mi almacén con todo lo que he guardado.

Me quedo mirando la escalera, sintiendo un escalofrío extraño, como si al subir fuera a entrar, no en un piso superior, sino en otra dimensión: la memoria, la obsesión y el pasado transformados en pintura.

Subo despacio, con la mano apoyada en la barandilla que cruje bajo mi peso. La escalera es estrecha, torcida, y cada peldaño se queja como si llevara años sin usarse. Arriba me recibe un aire denso, cargado de polvo y de un olor a óleo que me golpea. La penumbra es casi absoluta.

—Espera aquí un momento —me pide Mauro, adelantándose con pasos seguros, como quien conoce cada grieta del suelo.

Escucho cómo forcejea con unas cortinas pesadas. La luz del exterior se abre paso en finos hilos que atraviesan la habitación y, por un instante, apenas intuyo formas ocultas bajo telas grises. Mauro retira primero una y, luego, otra, como en una ceremonia repleta de cuidados. Y, entonces, todo cambia. La penumbra se rompe y el espacio se llena de color. La luz invade los lienzos y estalla en azules intensos, verdes húmedos y cielos infinitos. Hay paisajes de la ría, del puerto, de los montes cercanos, todos recreados con una fuerza que parece mayor que la del propio lugar. Pero lo que me deja sin aliento son ellas: decenas de figuras femeninas.

Mi tía. Siempre mi tía, en todas sus formas: joven, con

un vestido claro en la playa; sentada leyendo, con la cabeza inclinada y una sombra en los labios; caminando por un sendero y la falda al viento; de perfil, de espaldas o en retratos íntimos donde su mirada se clava más allá del lienzo, como si mirara también hacia mí.

Siento un nudo en la garganta. Es como encontrar un álbum secreto de su vida, todas esas fotos que no hay en su casa están aquí, pero cinceladas con un pincel, interpretadas una y otra vez por las manos de un hombre que la ama, aunque no esté. Apoyo en una esquina el lienzo que portaba y me acerco a uno de los cuadros. Apenas me atrevo a rozar el borde del marco con los dedos.

—Es ella… —susurro, incapaz de contener la emoción.

El corazón me late fuerte, como si en esos colores estuviera también una parte de mi propia memoria. Comprendo de golpe que aquella mujer a la que creía conocer apenas era un fragmento y que, aquí, entre estas paredes y estos lienzos, vive la versión más luminosa y secreta de su historia. Porque, además, son cuadros con mucha luz. Me siento como quien descubre un tesoro secreto; me siento una arqueóloga en un templo sagrado de Egipto.

Voy deteniéndome ante cada cuadro como si fueran estaciones de un viaje. En uno, mi tía aparece de espaldas, con un pañuelo en el pelo que se confunde con el horizonte. En otro sonríe tímidamente, como sorprendida en un gesto íntimo. El siguiente la muestra con un libro en las manos, inclinada sobre la mesa, los labios apenas entreabiertos, como si estuviera a punto de leer en voz alta.

Me siento sobrecogida. Casi no respiro, temiendo que un movimiento brusco pudiera romper el hechizo.

—Querías verlos —dice él detrás de mí, su voz grave resonando en la penumbra ya iluminada—. Aquí están.

Me vuelvo despacio, lo miro.

—Es la primera vez que alguien los contempla todos juntos —añade, con una leve sonrisa cansada—. Algunos los pinté en alta mar, de memoria, en los descansos. Otros aquí, en la playa vacía. Pero siempre era ella. Nunca dejé de pintarla.

—¿Tienes fotos para plasmar cada momento y cada gesto de ella? —pregunto, con la voz temblorosa de quien quiere una explicación lógica a tanto detalle.

Él niega despacio con la cabeza.

—No, nada —responde finalmente—. Todo está en mi memoria. Me sale así, como si la tuviera delante todavía. Cada trazo es lo que guardo de ella, lo que nunca se me borró.

Siento un estremecimiento. Me acerco a otro lienzo: en él, mi tía aparece más mayor, con arrugas suaves que la embellecen todavía más. No es la muchacha de la foto que encontré en el piso, es la mujer que pudo haber sido, la que él imaginó con los años que no compartieron.

No entiendo mucho de pintura, pero lo veo claro: no es una foto y tampoco es ese tipo de cuadro que parece una mancha y ya está. Aquí la luz es lo primero, como si el aire también estuviera pintado. Los colores son vivos sin ser chillones y la pincelada se nota, rápida, con vida. Desde lejos todo resulta nítido (la cara, la postura y la mirada) y, cuando me acerco, aparecen las capas y el gesto. Y eso es lo que me inquieta: que parece que no la estoy mirando por fuera, sino por dentro.

—Nunca los mostraste… —digo casi en un susurro.

—No había nadie que pudiera entenderlos —responde, encogiéndose de hombros—. A veces pintaba para mí, otras para ella, aunque nunca los vería. Tal vez, en el fondo, pintaba esperando este momento, que alguien como tú viniera a descubrirlos.

Me quedo sin palabras. La emoción me oprime el pecho, como si los colores de los lienzos fueran también los latidos de una vida que nunca conocí. Entonces él rompe el silencio con una frase que me sorprende:

—Quiero que elijas uno. El que quieras. Te lo regalo.

Lo miro incrédula. ¿Cómo podría escoger entre tantas miradas, entre tantas versiones de mi tía que yo nunca conocí? Paso los ojos de un cuadro a otro, me detengo en uno donde aparece joven, en otro donde parece más madura, en otro más íntimo, como si él hubiera pintado incluso sus pensamientos.

—No puedo —respondo al fin, negando con la cabeza—. Sería como arrancar un pedazo de todo esto. Tendré que pensarlo.

Él asiente, sin reproche, como si hubiera previsto esa reacción. Tras un silencio breve, añade:

—Entonces hagamos otra cosa. ¿Qué tal si nos vamos a comer juntos? Conozco un lugar aquí cerca.

Me quedo desconcertada. Una parte de mí quisiera rechazar la invitación, otra intuye que sería una descortesía. Y, sobre todo, siento la curiosidad de seguir escuchando su voz, su memoria.

—Está bien —digo, casi en un suspiro—. Acepto ir a comer con el Sorolla de Cedeira.

Bajamos la escalera y salimos a la calle. La luz del mediodía se ha vuelto más clara y el aire deja de oler a pintura para perfumarse de salitre. Caminamos unos minutos hasta una taberna cercana. Por fuera conserva la fachada encalada y las contraventanas verdes de una casa marinera, pero dentro está reformada: suelos de madera recién barnizados, mesas robustas y un mostrador que aún guarda la pátina de las viejas tabernas de pescadores. En las paredes cuelgan redes decorativas y fotos antiguas en blanco y negro del puerto y las lanchas de antaño.

Mauro saluda al dueño con una familiaridad que me sorprende; se dan la mano y se llaman por el nombre. Yo, en cambio, me siento algo incómoda, como si entrara en un mundo que no me pertenece. Una ligera vergüenza me recorre al pensar en cómo nos mirarán los demás: él, un hombre mayor del pueblo; yo, una forastera que todavía no ha cogido confianza.

—Está bien —digo, casi en un suspiro.

El camarero se acerca con la libreta en la mano.

—¿Qué vais a beber? —dice mirándome primero.

—Un albariño —respondo sin pensarlo demasiado, quizá porque es lo único que me viene a la cabeza cuando pienso en vino blanco gallego.

Mauro asiente enseguida.

—Albariño también para mí. Mejor tráenos una jarra para los dos.

El camarero sonríe, como si celebrara la decisión, y al poco regresa con una jarra y dos tazas blancas de loza. Mauro sirve con cuidado, dejando que el vino forme una pequeña espuma dorada en la superficie. Me mira.

—¿Y de comer, qué te apetece? —pregunta sabedor de que estoy mirando la carta.

—Me gusta todo —respondo encogiéndome de hombros, con una sonrisa que intento disimular.

Él no añade palabra, solo hace un gesto breve al camarero, un movimiento casi imperceptible de la mano. El hombre lo entiende al instante.

Enseguida empiezan a llegar los platos: pan de maíz recién cortado, una fuente de pulpo tierno espolvoreado con pimentón, una ración de zamburiñas a la plancha y, poco después, unos chipirones de la ría que humean sobre la mesa. El aroma lo impregna todo y siento una mezcla de extrañeza y vergüenza, como si me hubieran incluido en una celebración que no me corresponde.

—Menudo espectáculo —digo—. ¿Puedo hacer una foto de esto?

Mauro asiente. Saco el teléfono móvil y hago una fotografía. Pienso en publicar una historia, pero me parece una falta de respeto alargar la pausa frente a mi acompañante. Mauro alza su taza de loza a modo de brindis, aunque no dice nada.

Yo levanto la mía, dudando, y solo acierto a desearle buen provecho.

Después de probar cada plato, de dar varios sorbos al vino, me siento más a gusto, más confiada.

El albariño en la taza me sabe fresco y ácido, como si hubiera atrapado la brisa de la ría. Entre bocado y bocado de pulpo me animo a preguntarle:

—¿Nunca pensaste en montar una exposición con tus cuadros? ¿O, al menos, en ponerlos a la venta?

Mauro levanta las cejas, deja el tenedor sobre el plato y se limpia despacio las manos con la servilleta, como si necesitara ganar tiempo antes de contestar. Después niega con un movimiento lento de la cabeza.

—No. Nunca —se frota la barba con gesto distraído—. No pinto para vender, ni para exponer. Es solo una afición personal, nada más.

—Podrías intentarlo... —insisto, inclinándome un poco hacia él—. De verdad, creo que sería algo importante.

Mauro suspira, apoya los codos sobre la mesa y fija la mirada en el vino que le queda, como si buscara allí la respuesta.

—Estoy viejo, muchacha. No merece la pena. Ya no tengo edad para esas cosas.

Me quedo un instante callada. Lo miro y pienso en esos cuadros escondidos bajo las telas, en la intensidad que me golpeó cuando él descorrió las cortinas.

—Entonces, al menos, déjame fotografiarlos —digo, con un tono firme que sorprende incluso a mí misma—. Hago una ficha de cada uno, un catálogo mínimo, para que no se pierdan. Es una lástima que estén agolpados en tu casa sin más, como si no existieran.

Mauro se acaricia otra vez la barba, ladea la cabeza y asiente apenas, sin mucho convencimiento.

—Bueno... si te hace ilusión. Pero no sé qué valor puede tener todo aquello.

—El suficiente —respondo, segura—. El valor de no dejar que se borren.

Seguimos hablando, aunque lo termino haciendo yo más que él. Hago referencias a mi madre en Santander, a mi vida de bibliotecaria en Zamora, a lo que conozco de Galicia y de su mar. Él escucha y hace algunas aportaciones.

Tras terminar la comida con un café, hago un intento por pagar, pero él se adelanta. Le doy las gracias, también al camarero. Hemos comido muy bien. Salimos a la calle, el vino se me ha subido ligeramente a la cabeza, pero sigo notando el aroma de la ría, junto a los rayos de sol que a esta hora de la tarde calientan con algo más de fuerza. Mauro me pregunta si vuelvo a casa, yo le digo que sí, que he de recuperarme del festín. Solo dice que ya sé dónde encontrarlo y le anuncio que sigo con la idea en mente de catalogar sus cuadros. No responde, simplemente se despide, con una mano se acaricia la barba y con la otra hace un gesto para decir adiós. Él se queda allí y yo me giro para iniciar mi camino hacia el piso de mi tía.

Paso a paso me siento alegre, enérgica. Aquellas horas con Mauro han cambiado algo: tengo un objetivo en mente.

11

Cedeira, 18 de julio de 2024

Intento dormir la siesta en el sofá, pero no dejo de pensar. Y no es un pensamiento de vacío, todo lo contrario. Mantengo la manta sobre mis piernas, pero alargo el brazo para coger el teléfono móvil. Tecleo «cómo catalogar cuadros» y se abre un pequeño mundo de enlaces, ejemplos de fichas, fotografías bien hechas y palabras que conozco de oídas, pero que ahora tengo que convertir en método. Mi formación es más general, orientada a los libros, pero la lógica es la misma: describir, identificar y ordenar para que nada se pierda.

Empiezo a hilvanar un plan. Primero, fotografiar: luz natural, de lado, evitando brillos; una toma frontal y dos o tres detalles (firma, textura y bordes); después, un *post-it* provisional con un número pegado al margen, siempre en el mismo lugar, para no equivocarme luego. Hay que anotar las medidas exactas (alto × ancho en centímetros), también técnica y soporte (óleo sobre lienzo, acrílico, tabla…). Lo anoto en una plantilla que voy montando en el móvil: número de inventario, título (si lo hay), fecha aproximada, técnica, soporte, medidas, firma, estado de conservación, procedencia, localización, palabras clave y notas.

Es complicado si no es en un ordenador, pero decido intentarlo en el móvil. Abro una hoja de cálculo y creo las columnas. Decido una nomenclatura: M-0001, M-0002… (M de Mauro), para que todo respire orden. En Drive preparo carpetas: 01_Fotos/Originales, 02_Fotos/Reducciones y 03_Fichas. Me veo ya con una cinta métrica, un lápiz de mina blanda para apuntar rápido y cinta de carrocero para fijar el número en el lateral del lienzo porque los cuadros ni siquiera tienen marco. No tengo guantes de algodón, usaré unos limpios de casa; si no, manos bien lavadas y secas. Si alguno está inestable, lo mediré sin moverlo.

También pienso mucho en si aquellas pinturas tienen valor artístico o no. No sabría decir a qué corriente pertenece ni ponerle un nombre preciso, pero en sus cuadros hay luz y movimiento. El color parece puesto a golpes suaves, como si el pincel no se posara del todo, pero el resultado es homogéneo. No es una pintura quieta: el agua parece moverse, el aire pasar entre las cosas y la figura, mi tía, aunque esté detenida, da la impresión de haber respirado hace un segundo.

Mientras guardo la plantilla, me asomo a la idea siguiente: la exposición. No hace falta nada grandioso: una sala municipal, paredes blancas, una luz que no hiera y una selección que cuente su historia. Pienso en los textos de sala: una breve biografía, el origen de los cuadros, la relación con Cedeira y esa mujer que se repite porque fue el centro. Pienso también en los papeles: una cesión en préstamo firmada por Mauro, permiso para reproducir imágenes, un listado de obras con su número, título, técnica y medidas. Todo debe ser sencillo, pero claro.

Vuelvo a la pantalla y añado una carpeta más: 04_Textos_expo.

Recuerdo que hay series y pequeños gestos que se repiten (la cabeza inclinada, la mano en el libro o la falda al viento). Lo veo todo con una claridad que me serena: si ordeno esto, si lo dejo existir fuera de ese almacén caótico, también estaré dando forma a la memoria de mi tía.

Abro los ojos, cojo el cuaderno y escribo en la primera página: «Catálogo Mauro. Día 1». Y por primera vez en mucho tiempo, siento que empiezo algo que me sostiene. Aun así, cuando cierro el cuaderno, me asalta una duda que no sé si es prudencia o miedo: ¿no estaré corriendo demasiado?

12

Zamora, 18 de abril de 2023

Él siempre me decía que estaba obsesionada con tenerlo todo clasificado. Con Héctor todo empezaba en broma. Yo clasifico por costumbre, en el trabajo porque no queda otra, pero también en casa (libros por autor, luego por colección y, si no hay más remedio, por tamaño cuando la estantería se rebela) y él hacía teatro de lector irreverente: movía un tomo dos dedos a la izquierda y se sentaba a esperar mi gesto de alarma.

—Señorita bibliotecaria, ¿me presta ese beso con fecha de devolución? —decía, y yo fingía anotarlo en una ficha de préstamo.

Llegó a llamarme «la ministra del orden». En la alacena etiqueto el vinagre, las esponjas por antigüedad, los trapos por uso y, en el pasillo, tengo una caja con «objetos perdidos en casa» que siempre reaparecen cuando no los buscas. Nos reíamos. A él le divertía mi rigor; a mí, su manera de desordenarlo todo para obligarme a aflojar.

Un día propuse, también en broma, el inventario de buenos momentos. Lo abrimos en una libreta negra, con columnas como en la biblioteca: fecha, lugar, asunto y palabras clave. Él escribía a su modo: «desayuno de pan crujiente y café con lluvia detrás de la ventana», «poema de Machado abierto al azar, verso que nos despeina» o «caminar sin hablar por la ciudad hasta perdernos». Añadía etiquetas delirantes: risa inesperada, silencio compartido o cena con migas de pan en la mesa. Yo afinaba el sistema: una página por mes, índice al final y un asterisco para los momentos que merecían relectura. Por las noches abríamos la libreta y discutíamos si cierto paseo pertenecía a melancolías o a alegrías. Él hacía trampas y metía un beso en todas las categorías «para que esté disponible en cualquier consulta».

Pero llegó el día en que todo cambió. Cuando se marchó, fui directa al cuaderno. No pude evitarlo. Abrí el índice como si de verdad ahí estuviera la llave para que todo volviera a su sitio. Leí cada entrada con la obstinación con que una bibliotecaria detecta una entrada que no corresponde en alguna signatura. Y el inventario cambió de nombre sin que yo lo decidiera: inventario de lágrimas. Las fechas seguían en su columna, pero ahora señalaban ausencias; las etiquetas pesaban como piedras; el papel se onduló con gotas que no supe contener. Me sorprendí corrigiendo categorías. «Silencios compartidos» ya no existía, solo quedaba «silencios a solas», poniendo cruces donde antes había estrellas. Hasta que entendí lo obvio: no hay clasificación que ordene una pérdida.

Cerré la libreta con cuidado, como se cierra un libro que te ha hecho daño y, aun así, sabes que guardarás en la estantería de las cosas importantes. Y me quedé quieta, con la cabeza apoyada en el lomo, escuchando el rumor de la casa, como si las palabras pudieran volver a su sitio por sí solas.

13

Cedeira, 18 de julio de 2024

El atardecer se derrama rojo a rabiar sobre la ría, como si alguien hubiera encendido una hoguera detrás de los montes. Primero grabo un vídeo que vuelvo a subir a Instagram, después me quedo mirando el cielo hasta que me arde la vista: ahí está el fuego que guardo por dentro, ese que los cuadros habían conseguido apagar por unas horas. Pero no hay remedio, Héctor reaparece como un pirómano, lanzando cerillas a todo lo que intento ordenar. Respiro hondo y, mientras camino, decido no volver a casa para cenar fuera, debo despejarme.

Camino hasta la pizzería del paseo junto al río. Dentro huele a masa recién horneada, a tomate dulce y albahaca. La luz cálida cae sobre las mesas y el murmullo de la gente se mezcla con el rumor del río Condomiñas al otro lado del cristal. Me siento junto a la pared y, entonces, se acerca una camarera joven que no estaba en mi anterior visita al local. Es morena, con el pelo ondulado recogido a medias y unos ojos azabache que te miran como si quisieran entenderte antes de apuntar nada.

Me sonríe. Le pido un refresco de naranja y una de las pizzas de la carta. Se marcha, pero vuelve poco después.

—Perdona —dice en voz baja, con un acento gallego nítido—, soy algo novata… ¿prefieres masa fina o de la casa? Aún me lío con las mesas.

Sonrío sin pensarlo.

—De la casa, gracias. Mira, mejor cambia el refresco por una copa de vino tinto.

Asiente y, al anotar, se le escapa una sonrisa, como si la noche también estuviera empezando para ella. Vuelve enseguida con la copa y, antes de irse, me vuelve a hablar.

—Veo que tú de Cedeira tampoco eres.

—No. Soy de Santander —respondo—. ¿Y tú?

—Soy de Galicia, pero de otra zona de Galicia —dice, encogiéndose un poco—. Llevo poco aquí.

Nos damos cuenta al mismo tiempo: dos foráneas en Cedeira, intentando aprender el ritmo del pueblo. No va a más; ella tiene otras mesas, yo tengo mis pensamientos. Pero al dejar la copa sobre la mesa nos miramos y nos sonreímos. Mientras, el cielo termina de apagarse detrás del cristal.

Salgo de la pizzería cuando la noche ya ha puesto brillo en las losas. El paseo huele a sal y la ría respira oscura y tranquila. Camino hacia el piso de mi tía con la cabeza llena: el taller en penumbra, la cortina que se abre, la explosión de color; las preguntas que no hice a Mauro y las que aún no sé formular.

Subo la calle estrecha oyendo el rumor del mar a la espalda y, en el bolsillo, el plan late como un corazón nuevo: numerar, medir, fotografiar y describir. No puede ser todo tan sencillo como él me lo contó: la ruptura con mi tía, la infidelidad y la falta de perdón. Los enigmas de Mauro siguen ahí: por qué volvió, qué no me ha contado o qué calló mi tía. Sin embargo, por primera vez siento que puedo hacer algo con ellos. Mañana entraré con luz y con nombres en la casa donde el pasado respiraba a oscuras.

Y, mientras cierro la puerta del piso, me sorprende la idea de que ordenar esos cuadros quizá sea también una forma de empezar a ordenarme a mí misma. Sobre la mesa dejo algunas notas y una cinta métrica que encontré en uno de los cajones de mi tía. Nunca habría esperado que le diera el uso que quiero darle. Realizo una fotografía buscando el detalle y la publico en Instagram: «Medir y ordenar lo que parecía olvidado». Ilusionada, decido que mañana tengo que convencer a Mauro.

14

Cedeira, 19 de julio de 2024

> ***WhatsApp. Minerva — 08:52***
> *Siento que pronto, más que andando, iré rodando, amiga. Ya en la recta final me siento pesada como una boya: las piernas me laten, por la noche doy mil vueltas y la niña decide que a las 3:17 es buena hora para bailar. Todo va bien —la última revisión fue perfecta—, pero duerme poco y yo descanso poco porque es difícil encontrar la postura.*
>
> *Pero pequeña, que reaparezca Héctor justo cuando te ilusionas con ordenar la pinacoteca de Mauro es normal. Se llama 'recaída del recuerdo': no es un retroceso, es una ola. No la pelees, nómbrala («esta es mi ola de hoy») y vuelve a la orilla del proyecto. Recuerda que cuando estabas en Zamora y te llegaba esa ola, nos refugiábamos en la lectura y, por lo que me estás contando, ahí estás leyendo poco. ¿Con qué libro estás? Te voy a recordar algunas pautas concretas que ya hemos ido trabajando:*
>
> *• Ventana de duelo programada: 15 minutos al día para pensar/llorar/escribir sobre Héctor (con alarma). Fuera de esa ventana, cuando surja, te dices: «No ahora; a las 20:30».*
>
> *• Ancla conductual: por la mañana, fotos y medidas de X cuadros; por la tarde, fichas. Micro-metas (5–10 obras) y celebración mínima al final.*
>
> *• Lenguaje que te ayuda: cambia «no puedo olvidarlo» por «puedo avanzar aun recordando».*

Después de leer sus mensajes llego a la misma conclusión: tener a una amiga como Minerva es uno de los mejores regalos que me ha dado la vida en los últimos años. Eso sí, ejecutar algunas de sus propuestas no es tan sencillo, pero mi primera intención es siempre cumplir. Al levantarme, abro todas las ventanas del piso, corre el aire y entra el aroma salino. Desayuno un café y unas tostadas con mantequilla y mermelada de frambuesa. He decidido que este va a ser un buen día, puedo avanzar.

Después de ordenar y barrer el piso, bajo a la playa. He improvisado una carpeta que he encontrado en un cajón y donde he introducido mi cuaderno, una propuesta de ficha para cada cuadro con los datos que necesito y folios. Al salir a la calle siento algo de fresco, el cielo está encapotado, incluso con amenaza de lluvia, pero en lugar de subir a por algo de abrigo, me da por cruzar la calzada y correr hacia la playa. El viento genera algo de oleaje en la ría, con marea baja. La playa está vacía y no veo a Mauro en una primera ojeada. Camino en horizontal a la orilla y aparece su figura en la lejanía, más en dirección hacia la capilla de San Isidro.

Arrecia el viento; llega frío y húmedo, se me mete por las mangas y me arranca un par de folios que atrapo a tiempo con la carpeta.

—Te estaba buscando —digo cuando por fin llego, jadeando un poco.

No tiene hoy el lienzo ni el caballete. Está sentado en la arena, las piernas cruzadas, la espalda curvada, un cuaderno rígido apoyado en las rodillas. Entre los dedos sostiene un carboncillo que ennegrece sus nudillos. A su lado, una bolsita.

—¡Buenos días! ¡Hoy has cambiado de lugar! —insisto.

Él no me mira, pero empieza a hablar.

—Con este viento…

—Sí, sopla fuerte.

—Y además, hoy el color se me escaparía —responde sin levantar la voz—. Con este cielo, mejor carbón.

Me agacho a su altura y el viento me empuja el pelo a la cara. Protejo el cuaderno con la carpeta, haciendo de pantalla. En el papel, a golpes de sombra, aparece un perfil que reconozco antes de admitirlo: la curva de la frente, la boca concentrada, el gesto de mirar hacia dentro.

—Es ella —susurro.

Él asiente sin dejar de trazar.

—Siempre acaba saliendo —dice, y el carboncillo corre—. Aunque empiece por el horizonte, aunque jure que hoy haré barcos.

—He traído las fichas —le enseño la carpeta, casi orgullosa, casi temblando—. Podemos empezar cuando quieras: foto, medidas, técnica… lo tengo todo preparado.

Se le escapa una media sonrisa, de esas que apenas levantan una comisura. Se sacude el polvo negro de las yemas sobre el pantalón.

—Vienes con trabajo, ya lo veo —murmura, mirando la carpeta.

Se rasca la barba con los nudillos manchados de carbón; el pelo blanco, algo dejado, le ondea al viento como una hierba testaruda. No me mira del todo: fija los ojos en la ría y respira hondo.

—He estado dándole vueltas —dice al fin, más suave—. Y creo que no… No me veo exponiendo, ni catalogando. Pintar es lo único que me calma. Si lo convierto en otra cosa, se me escapa el aire.

—Podemos hacerlo sencillo —insisto—. Unas fotos, un número, la técnica… para que no se pierdan.

Él niega despacio, con un gesto pequeño, casi afectuoso, y se alisa la barba como si quisiera ordenar las palabras.

—Entiendo lo que quieres —susurra—. Y te lo agradezco, de veras. Pero ahora no. No sabría… No quiero meter más manos ahí dentro. Déjalo como está, por favor.

—Sería una pena… —me sale, y noto que la voz se me estrecha con el viento—. Solo nombres y fechas. Nada más.

—Quizá algún día —concede, levantando por fin la mirada hacia mí—. Hoy no.

Guarda el carboncillo en la bolsita, cierra el cuaderno con elástico y, antes de incorporarse, apoya la palma en la arena para no perder el equilibrio. El pelo blanco le cruza la frente; lo aparta con una sacudida leve y una media sonrisa cansada.

—Perdóname —dice de forma seca, en voz baja—. No quiero hacerte sentir que no te escucho. Te escucho. Pero… no puedo.

Asiento. Aprieto la carpeta contra el pecho. El viento me empuja de lado y el frío se mete por las mangas.

—Está bien —digo, intentando que suene a aceptación y no a derrota.

Echo a andar en horizontal, siguiendo la línea húmeda. La arena cruje y la ría es una pizarra triste. Detrás de mí, oigo cómo él sopla el polvo del papel y sacude los dedos ennegrecidos. Me llevo la carpeta intacta y una decepción que pesa, una idea simple y terca: tal vez he llegado demasiado pronto a un lugar que solo se abre cuando a él le nace.

A unos metros, me giro y lo miro. Él también me mira, se cruzan nuestros ojos, yo niego con la cabeza, él se dirige al cuaderno y vuelve a ponerse a la obra con el carboncillo. Ha decidido y aquello me frustra.

Vuelvo a casa con la carpeta intacta y las manos heladas. Todavía es por la mañana: la luz entra oblicua por la ventana y el piso huele a limpieza reciente, como si el orden que hice a primera hora pudiera sostener algo. Dejo la carpeta en la mesa y se queda ahí, muda.

Camino por el salón sin saber dónde sentarme. El sofá me expulsa, la silla parece prestada, la cama deshecha de mi tía no me llama. Abro el cuaderno y lo cierro. Miro el móvil y lo giro boca abajo. Mi plan ha naufragado antes de salir del puerto y la orilla se me queda lejos.

Me asomo a la ventana y el viento sacude las cortinas. Podría bajar a por pan, podría poner una lavadora, podría leer… pero todo se me hace un mundo. Respiro hondo, recojo la carpeta y vuelvo a dejarla. Me quedo de pie en mitad del salón, esperando una instrucción que no llega. No tengo nada que hacer. Ni siquiera me siento en mi lugar. No hay nada.

15

Cedeira, 19 de julio de 2024

Estoy, pero no estoy. Termino tumbada sobre el sofá, al principio miro el techo, después decido coger la novela de Rosalía de Castro. La dejo abierta sobre el pecho. Leo, pero no leo: las frases se me escapan y las ideas huyen. Giro una página sin haber estado en la anterior y me descubro contando grietas.

Entonces entra un rayo de sol por la ventana del salón. No es un sol pleno, más bien una rendija de luz que atraviesa la casa como si alguien hubiera abierto una puerta en el aire. Me quedo mirándolo un instante y pienso que, si para estar bajo techo voy a luchar contra mi cabeza, quizá sea mejor hacerlo fuera, con la piel al sol y la ría delante.

Me levanto sin pensarlo demasiado para regresar a la playa. Me pongo el bañador y un vestido ligero encima. Meto el libro en la bolsa junto a la toalla, las gafas de sol, el móvil y una botella de agua. En el rellano todavía huele a pasillo cerrado. Bajo las escaleras con esa prisa rara de quien no sabe si huye o si por fin va hacia algo.

Al cruzar la calle, la arena me sorprende: ya está caliente, como si hubiera guardado el sol de la mañana para ofrecérmelo ahora. Miro alrededor y no hay rastro de Mauro. Veo una pareja que pasea cerca de la orilla y unos niños que juegan a enterrarse las piernas y a perseguirse con cubos. Nada más. La playa parece una página en blanco, por una vez.

Extiendo la toalla en una zona donde la brisa no pega de lleno y me tumbo boca arriba. La tela me devuelve la calma del cuerpo. Saco el libro y, durante unos minutos, por fin entro en la lectura de verdad, como quien se cuela en una casa ajena y se queda sin hacer ruido.

Llego a un pasaje subrayado por mí misma, aunque no recuerdo haberlo subrayado:

> Si Byron, ese gran poeta, el primero sin duda alguna de este siglo, hubiese posado sobre el desnudo cabo Finisterre su mirada penetrante y audaz, hubiéramos tenido hoy tal vez un cuadro más en su *Manfredo(…)*
>
> Aquel paisaje, uno de los más desolados y tristes que pueden hallarse en Galicia y quizás aún en la mayor parte de España, armonizaba admirablemente con el carácter de la espósita, acostumbrada a la soledad y a la vida errante.

Levanto la vista un segundo. No veo Finisterre, pero la ría tiene algo de eso: esa solemnidad que parece quieta y, a la vez, no lo está. Me dan ganas de reírme de mí misma: vengo buscando descanso y Rosalía me vuelve a hablar de desolación y de errancia, como si no hubiera otra manera de estar viva.

Vuelvo al libro. Y entonces, por debajo de las palabras, empieza a colarse una música.

Al principio es un murmullo, un ritmo que llega con el viento, como si la brisa trajera un altavoz escondido. Luego lo reconozco de golpe y el corazón se me acelera: Iván Ferreiro con su voz desenfadada y esa cadencia que Héctor ponía una y otra vez. Está en gallego, haciendo dúo con una mujer, justo la canción que yo siempre saltaba en el coche porque me gusta cantar y esa no podía seguirla. Me incorporo como si me hubieran tocado el hombro. Busco de dónde sale el sonido y la veo a unos metros, sentada sobre otra toalla, descalza, con el pelo moreno y ondulado recogido a medias. Está con el móvil cerca y un altavoz pequeño. Es la chica de la pizzería.

Me mira también. No sé quién baja los ojos primero, pero al segundo ya nos estamos reconociendo. Dos foráneas en la misma playa, con una canción que trae demasiadas cosas.

Me levanto con el libro en la mano y camino hacia ella sin apurar el paso, como para no asustar al momento.

—Perdona… —digo cuando estoy cerca—. Te he oído. Y… te gusta Iván Ferreiro.

Ella sonríe, como si la frase le hiciera gracia y no le sorprendiera.

—Gústame moito —responde—. E tamén Guadi Galego.

—¿Quién?

—Guadi Galego —repite, señalando el móvil—. A que canta con el nesta.

—Ah… no lo sabía —se me escapa una risa torpe—. Ayer ni nos dijimos los nombres.

—Noa —dice, alargando la mano como quien ofrece un puente.

—Gema —respondo—. Encantada.

—Encantada, Gema.

Me mira un segundo con curiosidad limpia.

—¿Vienes sola? —pregunta, y en su tono no hay pena ni lástima, solo interés.

—Sí. Estoy unos días aquí… en el piso de mi tía.

—Eu tamén estou soa aquí —dice, encogiéndose de hombros—. Bueno… —se corrige casi al momento, como si se diera cuenta—. Perdón. A veces me sale. Estoy sola también. Bueno, sola… hasta que encuentro a alguien que me hable.

Me río, porque me toca en un sitio inesperado.

—¿Te has venido a vivir a Cedeira? —pregunto.

—De momento he alquilado un apartamento no muy lejos —responde—. Temporal. Trabajo en la pizzería este verano y, por las mañanas y en los días libres, playa y aire. Y ya veré.

—Suena bien.

—Es lo que hay —sonríe—. Tú también necesitas aire, se te nota.

No sé si es la frase o la manera en que la dice, pero me desarma. Me siento en la arena, cerca de su toalla, y dejo el libro al lado.

—Hoy me ha costado salir —admito—. A veces, cuando una se queda en casa, la cabeza se pone insoportable.

Noa asiente como si entendiera sin pedir explicaciones.

—Aquí, cuando la cabeza hace ruido, la ría hace otro ruido mejor —dice—. Y gana.

Nos quedamos un rato en silencio, escuchando la canción. Yo me sorprendo respirando distinto, más lento, como si el cuerpo supiera antes que la mente que esto le viene bien.

—¿Qué lees? —pregunta, señalando la portada.

—Rosalía —digo—. *La hija del mar*.

—Boa elección —responde—. Sempre hai mar aí, aínda que esteas noutra cousa.

Noa baja un poco la música.

—Si te molesta, dímelo —dice—. Es que a mí la música me salva.

—A mí también —respondo—. Aunque a veces me devuelva cosas.

Noa no pregunta. Solo asiente, como si eso fuera suficiente.

Pasamos un buen rato así: hablando y callando, tomando el sol, comparando palabras —cómo se dice esto aquí, cómo se dice allá—, riéndonos de lo fácil que es sentirse extranjera incluso en tu propio idioma. Ella me enseña dos canciones más. Yo le cuento, sin entrar en detalles, que estoy intentando ordenar algo y que a veces no sé por dónde empezar.

Cuando el sol aprieta al máximo, recogemos despacio. Noa sacude la toalla con una energía ligera, como si el mundo no pesara tanto.

—Tengo que ir a comer algo y luego echarme un rato —dice—. Esta noche trabajo.

—Yo también voy a ir tirando —respondo—. Gracias por… esto.

—¿Por escuchar una canción? —se ríe—. No es nada.

Damos unos pasos juntas por la arena, en dirección al paseo. Antes de separarnos, se detiene.

—Mi apartamento está por aquí cerca —dice, señalando hacia el interior—. Si algún día necesitas algo… una sartén, un colgador, lo que sea.

—O tomar el sol en compañía —apunto.

—Sí, esta playa está muy bien, amplia y muy tranquila. Y me han hablado mucho de lugares de los alrededores. Del faro del cabo Ortegal. Dicen que los acantilados son increíbles.

—Lo tengo en la lista, pero es que conducir sola…

—Pues yo es que ni siquiera tengo coche.

—Tomo nota —sonrío—. ¿Te importa si nos intercambiamos el número?

—Claro que no.

Sacamos los móviles. Nos pasamos el contacto. En la pantalla aparece su nombre, «Noa», y me da un alivio extraño: ponerle un nombre a alguien es, de algún modo, hacerle sitio.

—Pues ya está —dice guardándose el móvil—. Ya no somos dos desconocidas.

—No del todo —respondo.

Nos despedimos con una media sonrisa, sin promesas grandes. Y mientras camino hacia casa con el libro en la bolsa y la piel tibia de sol, pienso que hoy, por primera vez en días, el tiempo no me ha mordido.

Ya en el piso y en la calma de la tarde, pienso en el encuentro casual con Noa. Me hace pensar en Minerva, en el día en que me la encontré de nuevo, después de años sin hablarnos desde el instituto, como si el tiempo hubiera hecho con nosotras lo mismo que con los mapas: borrar caminos por falta de uso. Fue en Santander, en una cafetería, yo con prisas (estudiaba para las oposiciones y trabajaba como recepcionista) y ella radiante y empezando a asentarse con su gabinete. Nos reconocimos primero por la voz y luego por la risa, esa risa que no cambia aunque cambie todo lo demás. «Gema», dijo, y en esa sola palabra se me abrió una puerta antigua. Hablamos de lo fácil que es perderse y de lo raro que resulta encontrarse. De lo que una calla por orgullo o por miedo.

—Estoy con Alberto, el chico que pasó por el hostel en el que trabajas —comenzó a decir—. Se ha venido a vivir aquí, a Santander.

—Sí, lo recuerdo, su paso y tu llamada preguntando por él.

Y me habló de casualidades y de amor. Un encuentro en París, ella se había perdido, pero conectaron y terminaron intercambiando sus números de teléfono. Más tarde, él viajó por otros motivos a Santander y contactó con ella. Minerva se sumó a un viaje junto a él, algo improvisado; después, él fue valiente y decidió cambiar de vida y, de paso, cambió la de ella. Y la vi feliz. Y ahora están a punto de ser padres.

Desde aquel encuentro, que retomó mucha intimidad juvenil, Minerva se convirtió en la persona a la que le cuento las cosas cuando no sé cómo contármelas a mí.

Miro el móvil. El mensaje de Minerva sigue siendo el último. No tengo nada que hacer y, precisamente por eso, lo siento como un peligro: cuando no hay tarea, el pensamiento vuelve a Héctor como vuelve el mar a la orilla, una y otra vez, insistente.

Me levanto, camino hasta la cocina y bebo un vaso de agua. Me apoyo en el fregadero y escucho el edificio. Entonces lo entiendo: no es solo la excursión. Es la posibilidad de no encerrarme en mí misma otra vez. El contacto de Noa está ahí, reciente, como una puerta recién puesta. Dudo un segundo, pero al final escribo:

«Oye, Noa. ¿Te apetecería ir mañana al cabo Ortegal? Me lo mencionaste y me quedé con ganas. Si te apetece, vamos en mi coche».

No tarda mucho en responder.

«Sí. Me apetece. ¿Has mirado la ruta?»

Sonrío, porque la pregunta me devuelve una sensación simple: orden.

«La he mirado por encima. Parece fácil. ¿A qué hora quedamos?»

Siento que, por primera vez en días, la jornada siguiente no es un espacio vacío.

«A las diez, ¿te va bien?»

«Perfecto».

Dejo el móvil boca abajo sobre la mesa. Sigo con el pellizco en el estómago por Mauro y con el eco de la canción que escuchaba Héctor, pero ahora hay algo nuevo, mínimo y práctico: mañana salgo. Mañana tengo una ruta. Mañana, al menos, no me encierro.

16

Cedeira, 20 de julio de 2024

Antes de salir, le escribo a Minerva: «Voy a dar una vuelta con una chica a la que conocí ayer. Te mando la ubicación por si acaso». Le doy a enviar y siento que el gesto, pequeño y práctico, me ordena por dentro.

No he conseguido quitarme de encima el pellizco en el estómago a consecuencia de la negativa de Mauro, pero tengo la confianza en que, al menos esta salida, en compañía, me hará tomar distancia. Me limito a coger el bolso, las llaves del coche y a bajar.

Bajo con las llaves en la mano y la veo ya en la acera, apoyada en una barandilla, con el móvil en la mano. No se ha arreglado demasiado y ese look desmadejado le va bien, como si no necesitara demostrar nada. Me saluda con una sonrisa breve y me acompaña hasta el coche.

—¡Qué raro esto de ir de excursión con alguien a quien acabas de conocer! —dice.

—Pero si estamos las dos solas… y somos casi vecinas…

Arranco y el coche sale de Cedeira con ese rumor grave que a mí me calma. Al principio vamos en silencio, cada una acomodándose en su asiento: ella se abrocha el cinturón, se recoge el pelo con una gomilla y apoya la mano en la puerta. Yo miro el retrovisor, pongo el intermitente y dejo que la carretera nos saque del pueblo.

Aprovecho una recta en la carretera para activar el reproductor de música en la pantalla táctil del salpicadero y suena *Turnedo*. Los acordes abren un hueco y la voz sube desde el fondo como un recuerdo. Noa sonríe, marca el ritmo con los dedos sobre su muslo.

—Está bien —dice—, pero a mí me gusta más Leiva.

—¿Sí? A mí también —respondo—. Ponlo.

Ella teclea un título y sube el volumen con cuidado. Empieza otra canción y, sin planearlo, cantamos a media voz. No cito las palabras; me basta con sentir cómo las entona, cómo se le ilumina la cara en el estribillo. Luego dejo de cantar. Pongo las dos manos en el volante y me concentro.

La carretera se abre junto a la ría de Ortigueira como una cinta que bordea un espejo. Desde la ventanilla, el agua se ve plana con miles de brillos diminutos y barcas quietas como puntos de costura.

—Qué luz —murmura.

—Parece que el día también quiere bajar la voz —digo, y ella me mira un segundo, como si archivara esa frase.

Pasamos el desvío y el asfalto se estrecha. La línea blanca del centro aparece y desaparece en curvas sucesivas. Giro el volumen un punto hacia abajo.

—¿Te mareas? —pregunto.

—No. Me gustan las curvas —ríe—. Me recuerdan que estoy en alguna parte.

Señala hacia la derecha:

—Mira, ahí ya tenemos el mar, no es ría.

El viento pega contra el coche cuando el camino gana altura. Se nota en los árboles. Cambia el verde: quedan atrás los eucaliptos altos y aparecen manchas de tojo y hierba corta, lomas peladas donde el cielo parece más cerca. Noa se sujeta a la maneta en un viraje más cerrado y después la suelta, confiada. En las rectas, juguetea con la rejilla del aire acondicionado y me ofrece una pastilla de menta de un paquete arrugado.

—Para los oídos —dice.

—Gracias.

Hablamos a ráfagas: ella me cuenta que llegó al piso sin sábanas y que anoche durmió sobre una funda nórdica a modo de saco de dormir. Yo le digo que no consigo hacerme al sofá ni a la cama de mi tía. Nos reímos. Luego callamos y volvemos a mirar. Hay un entendimiento sencillo en ese ir y venir de palabras: no nos interrogamos, nos acompañamos.

En una recta corta, su mirada y la mía se cruzan. No es una pregunta ni una promesa, solo un reconocimiento: estamos compartiendo un trayecto que, hace dos días, ninguna habría imaginado. La música sigue de fondo, ahora suena *Como si fueras a morir mañana* de Leiva, y yo siento que el coche late con el mismo compás.

La carretera se pega al monte y el mar aparece abajo, enorme, como una lámina azul que alguien hubiera levantado con los dedos. Pongo segunda en una curva más cerrada, el motor ronronea, la dirección tira un poco. Noa baja el volumen sin que se lo pida.

—Te dejo concentrarte —dice en voz baja.

—Gracias —respondo, y sonrío.

El último tramo serpentea entre lomas y viento, poco a poco el territorio se vuelve agreste. Hay un fuerte descenso y, al fondo, como una línea clara en el mapa, se adivina el faro. Noa apoya la palma abierta en el cristal, como si ya pudiera tocarlo. Yo respiro hondo, ajusto el asiento y sigo el hilo negro de la carretera que nos lleva, curva a curva, a ese borde donde empieza el acantilado.

Detengo el coche en el aparcamiento, hay otros dos automóviles. Con el motor parado, el viento ruge en el exterior, Noa me mira y me posa una mano sobre la rodilla.

—¿Tienes claro lo que vamos a ver? —pregunta.

—Un faro y los acantilados —respondo, casi como si

me estuvieran preguntando en un examen sorpresa.

—Vamos a asomarnos a los acantilados más altos de Europa, de Europa sin incluir las islas. Y aquí, justo aquí, es donde se traza la línea en los mapas donde el océano Atlántico pasa a ser el mar Cantábrico. ¡Una pasada!

—¿También te has dedicado a ser guía turística?

—No, pero alguien me dijo una vez que cuando uno llega a un lugar nuevo, no puede ver sin más, hay que tener conciencia de la grandeza de lo que solo parece un pequeño rinconcito en el mundo.

Apago el motor, nos miramos un segundo y abrimos las puertas a la vez. El frescor y la humedad nos azotan; llega un viento que duele en el rostro. Esa es la primera impresión al bajar del coche. Doy un portazo porque se dispara la puerta por la acción del aire. Es posible caminar, pero hay ráfagas fuertes. A Noa la veo dar pasos firmes, erguida, yo voy tras ella en la explanada previa al faro, que destaca con sus colores rojo y blanco ante el azul oscuro del mar. En el cielo, las nubes se enredan, dejan algún hueco y pasan rápido.

Me apoyo en la barandilla de piedra. La agarro con las dos manos. Noa hace lo mismo y miramos a nuestros lados para divisar aquel paisaje. El pelo se nos levanta, yo incluso noto que me vibran las gafas. El acantilado cae en vertical como una página arrancada del mundo. El mundo se abre en un horizonte extenso, una persona aquí solo es un punto de tinta. Los acantilados, cubiertos por un manto verde en cuya cresta asoma la roca, se extienden a un lado y a otro del cabo. Vuelvo a mirar: abajo, las agujas de piedra se clavan en un mar que muerde; un paso mal dado no sería ni un rastro en la escala de esta pared. Me impresiona la distancia real entre lo que somos y lo que vemos.

Saco el móvil para hacer una foto. Enfoco, pero en un suspiro, un golpe de aire me desequilibra y doy un traspié; no hay peligro, el muro me sujeta, pero el corazón se me sube a la garganta. Noa me agarra del antebrazo y me sostiene por la cintura para que no caiga al suelo.

—Cuidado —dice junto a mi oído.

Siento sus manos. Respiro.

—Te juro que la foto no lo va a contar —murmuro, ya con los pies bien plantados sujetando el móvil y disparando.

—Entonces guárdalo para la cabeza —responde—. Ahí sí entra.

Otra ráfaga de viento nos obliga a encoger los hombros. Estoy boquiabierta por lo que estoy viendo, no importa el viento. Rodeamos el mirador, divisamos todo lo divisable y yo leo una placa que narra que hace casi un siglo unas barcas de pescadores de caballa naufragaron en aquellas aguas dando por desaparecidos a sus tripulantes. Me sobrecoge mientras veo que Noa también hace fotos.

Emprendemos el regreso con el viento de frente. Entramos en el coche y observo que Noa tiembla. Alargo el brazo hacia el asiento trasero y cojo un abrigo que dejé doblado. Se lo pongo sobre los hombros.

—Póntelo —digo.

—Gracias —sonríe, metiendo las manos en las mangas—. Prometo devolvértelo cuando me vuelvan los dedos.

El vendaval se queda fuera, como si alguien hubiera bajado el volumen del mundo. Enciendo el motor; el aire caliente empieza a subir por las rejillas. Ella se arruga dentro del abrigo y me mira de reojo, todavía con la sonrisa pequeña.

Sin ser muy consciente, inicio la marcha, pero estoy pensando en otra cosa. Todavía estoy sintiendo una de sus manos en mi antebrazo, la otra en mi cintura, sentirse segura por un segundo. Sus manos de protección me recuerdan a Héctor.

17

Fisterra, 3 de noviembre de 2023

Aquella tarde habíamos ido a Fisterra por recomendación de Alberto y Minerva.

—Id a ver el atardecer allí —insistieron—. Parece que el mundo acaba y, sin embargo, sigue.

Condujimos escuchando música de Carlos Núñez a bajo volumen y hablando poco. El coche olía a pan porque habíamos comprado una barra y una empanada en una panadería del pueblo.

En el faro el viento pegaba de lado y hacía bailar las bufandas de los peregrinos; el cielo se teñía de naranjas espesos, morados y un rojo que parecía salir de la tierra. Nos pusimos junto a una de las últimas rocas y, cuando una ráfaga me desequilibró medio paso, él me abrazó por detrás; noté las manos cerradas en mi vientre, el mentón apoyado en mi hombro y ese modo suyo de decir «estás a salvo» sin decirlo.

Recuerdo el frío en la punta de la nariz, el olor a algas y el rumor del agua allá abajo rompiendo como un animal antiguo. Recuerdo también una tontería: el papel de la empanada que salió volando y él corriendo dos pasos para atraparlo, riéndose, y yo riéndome detrás, con la boca llena.

Nos quedamos mucho rato así, mirando callados. Él señalaba líneas en el horizonte como si pudiera subrayarlas y me dijo que a veces bastaba con dejar que el color hiciera su trabajo. Asentí sin volverme.

En aquel borde del mundo pensé que podría sostener mi vida de esa forma simple: sus brazos, la piedra y la caída inmensa sin caernos. Porque en aquel punto del universo, en la frontera entre las yemas de sus dedos y el comienzo de mi piel, en aquella línea donde nos hacíamos uno solo, estaba todo.

Pero todo aquello pasó, él se marchó.

18

Cabo Ortegal y alrededores, 20 de julio de 2024

—Te has quedado callada de repente —dice Noa, mirándome de reojo.

Es cierto, llevábamos un rato hablando y, de repente, me sorprende en silencio. Estoy a punto de decirle que me fui a otro sitio, que a veces el recuerdo empuja, cuando la carretera se abre y el monte se queda raso. Y entonces aparece otra de las estampas que esperábamos del trayecto: caballos sueltos, sin montura, cabeza gacha y crines como llamas agitadas por el viento. Uno nos mira un instante y vuelve a pastar, otro avanza con calma entre rocas, con ese trote que parece un pensamiento.

Freno y aparco en una explanada de tierra. El viento sigue corriendo como si estuviera apurado. Saco el móvil, encuadro: verdes gastados, lomos castaños y el cielo lavado detrás. Hago varias fotos y subo una a Instagram casi sin pensar, un pie de foto mínimo: «Caballos salvajes. Soplidos de mundo». La imagen no necesita filtro. El viento me roba parte del aliento y me devuelve un pellizco de alegría.

—Ahí está la garita de Herbeira —señala Noa—. ¿Ves? Justo allí. Bajo ella están los acantilados más altos.

La veo: una construcción de piedra asomada al borde, un mirador antiguo vigilando el precipicio. El aire brama más fuerte a cada paso. Dudo.

—Voy yo —dice ella, riéndose—. Tú ven si te apetece.

No consigo responder. El viento me ladra por la ventanilla; me quedo dentro del coche, resguardada, y la observo. Noa avanza encorvada, las manos por delante, como si empujara el aire. En un punto se sujeta al muro con ambas manos, echa la cabeza hacia atrás y se ríe. Va con la boca abierta al vendaval. Juguetea un segundo con la capucha, levanta el brazo para señalarme el horizonte y vuelve a reír, como si el mundo fuera suyo por un minuto.

Me pregunto cuántos años tendrá. No se lo he preguntado. Es más joven que yo, seguro: veintisiete, veintiocho… o eso calculo mientras la miro pelearse con el viento como una niña que aprende a correr cuesta arriba.

Regresa al coche con la cara encendida, apaleada por el aire.

—Es el borde del mapa —dice, todavía jadeando.

La calefacción tarda un par de minutos en calentar. Le tiembla un poco la barbilla.

—¿Cuántos años tienes? —pregunto, al fin.

—Veintidós —responde, frotándose las manos.

—Casi podría ser tu madre.

Se ríe, sin ofenderse.

—Claro. Si hubieras sido madre con trece o catorce. —Me mira, ladea la cabeza—. ¿Y qué más da?

—¿Yo te había dicho mi edad?

—Tienes el carné de conducir justo ahí —dice señalando el documento apoyado en la pequeña cavidad junto a la palanca de cambios.

—Claro.

Le vuelvo a pasar el abrigo para que se lo eche sobre las piernas a modo de manta. El viento golpea el coche con una palmada larga. Arranco. Fuera, los caballos siguen masticando el mundo como si nada. También se suman a lo lejos algunas vacas. Dentro, el aire huele a ambientador y a una complicidad que empieza sin hacer ruido. Continuamos por la carretera, serpenteando y con la próxima parada muy cerca. Noto hambre.

—¿Qué hay que saber de San Andrés de Teixido? —pregunto, bajando una marcha en una curva.

—La leyenda —dice Noa, acomodándose el abrigo—. Que el apóstol Andrés se quejó porque todo el mundo iba a Santiago y a él, que llegó hasta aquí en una barca arrastrada por un temporal, lo dejaban olvidado en su punta del mundo. Y Dios, para consolarlo, le concedió un dicho: «A San Andrés de Teixido vai de morto quen non foi de vivo».

—¿Va de muerto quien no fue de vivo?

—Eso es. Así que todos, de una forma u otra, acabarán pasando por allí.

—¿Y tú cómo sabes todo eso…?

No termino la frase. En el recodo aparece un grupo de vacas plantadas en mitad de la carretera, enormes y tranquilas, mirándonos como si la vía fuera su sala de estar. Freno despacio. Nos miramos y nos reímos, sin poder evitarlo: una, dos, tres, cuatro vacas con cencerros, cada una en su mundo.

Por el retrovisor veo un coche que llega detrás. Se para y baja un hombre con boina y chaleco. Con un par de gritos breves que suenan muy campestres y unos gestos de brazos amplios, reconduce al ganado hacia la ladera. Nos hace gracia la escena. Las vacas obedecen con un aire solemne, se mueven con parsimonia, pero se mueven. El hombre levanta la mano a modo de saludo y se sube al coche.

Seguimos riéndonos un rato, con esa risa que aligera el pecho.

—Esto es mejor verlo en vida —digo, arrancando de nuevo.

—Totalmente —asiente Noa, señalando el horizonte.

San Andrés de Teixido aparece de golpe, como un pueblo dibujado a lápiz: una sola calle que cae hacia el mar, casas bajas de piedra, hortensias en las fachadas y, en la parte de abajo, el santuario con su fachada blanca y el tejado de pizarra oscura. Delante, un cruceiro vigila la cuesta y abre el paisaje hacia el acantilado. El viento ha amainado y se oye el mar como un rumor.

Bajamos por la calle única con esa sensación de llegar a un borde. Hay dos bares, una tienda pequeña y un par de puestos de recuerdos. Entramos en uno de los bares porque, al fondo, a través de una puerta, adivino una terraza trasera. Las vistas son magníficas. Detrás se despliega el acantilado y, a la izquierda, muy cerca, la torre del santuario como si hubiera salido a acompañarnos. El aire es templado; parece una tregua.

—¿Una cerveza? —pregunta Noa, ya con el abrigo abierto.

—Una cerveza —respondo.

Brindamos con un golpe suave de botellines, felices de esa quietud inesperada. Pedimos «de lo de aquí»: percebes que llegan brillantes y salinos; navajas abiertas al vapor; chocos en salsa con pan para mojar y un poco de ternera asada que se deshace. Comemos despacio. Noa se quita su mechón del rostro con el dorso de la mano, mira el borde del plato y después el horizonte, como si lo memorizara por partes. Noto una madurez impropia, pero parte de un gesto familiar.

—Cuéntame de ti —dice al fin—. De tu vida madura.

Sonrío por dentro ante la palabra.

—Trabajo en una biblioteca —empiezo—. En Zamora. No debería porque tenemos puestos específicos, pero hago de todo: préstamos y devoluciones, referencias, preparar lotes para clubes de lectura, ordenar el catálogo, pelearme con títulos que no encajan en ninguna sección... pero me gusta. Disfruto en cada espacio. Igual me pierdo en la sala infantil cuando necesito respirar o escucho las conversaciones susurradas a primera hora cuando llegan los mayores a leer el periódico y comentan la vida. Es una biblioteca grande, pero el ritmo allí es lento.

Ella asiente, interesada.

—Yo casi he terminado el Grado en Estudios Clásicos

y Románicos en Oviedo —dice—. Me queda una asignatura que pausé y el TFG. Debería estar avanzando en él y mira dónde me tienes. Vine para trabajar por las noches y juntar algo… y para cambiar de aire. Me gusta estudiar, pero necesitaba mirar el mar.

Muevo la cerveza entre las manos, como si buscara temperatura para las palabras.

—Hay otra cosa —añado—. Conocí a un hombre aquí… Bueno, lo conocí en la playa. Es mayor. Pinta. Y pinta siempre a la misma mujer.

Noa me mira sin interrumpir. Yo no sé todavía por qué le cuento esto, pero necesito que salga.

—Esa mujer es mi tía —continúo—. Él fue su gran amor cuando ella era maestra aquí, hace muchos años. Rompieron por una infidelidad. Él se marchó, la siguió pintando toda la vida. Volvió al pueblo, después de su muerte. Tiene la casa llena de cuadros; es como entrar en una memoria que no se acaba.

—¡Qué historión! ¿No?

—Ya ves, mi tía murió soltera mientras su antiguo amor no dejaba de pensar en ella y pintarla.

—El infiel fue él…

—Sí.

—No sé para qué pregunto.

—La cosa es que todo esto me lo encontré por casualidad. Le propuse al hombre, se llama Mauro, catalogar los cuadros, hacerles fotos, ordenarlo todo… quizá montar una exposición. Ayer me dijo que no. Que pintar es su refugio y que no quiere convertirlo en otra cosa.

Noa deja de comer, me sonríe y apoya el codo en la mesa.

—Todo eso sería muy bonito —murmura—. El pintor, la historia… suena a amor y a tormenta.

—Eso es —digo—. Y yo en medio, sin saber si insistir o dejarlo respirar.

Se queda un segundo pensativa, mirando el santuario por encima de mi hombro.

—A veces ordenar es amar —dice al fin—. Y a veces amar es dejar desordenado lo que para el otro tiene sentido. Ya verás cuándo empujar y cuándo no.

Asiento. El viento, ahora suave, sube por el cortado y entra en la terraza con olor a sal. Bebo un último trago. En la torre, una campana suelta una vibración breve que se pierde hacia el mar. Forasteras en el fin del mundo, sobre una mesa de mar con platos vacíos y un santuario a dos pasos: por un momento siento que el silencio nos hace sitio, como si este lugar nos adoptara para un rato.

Estamos esperando la cuenta cuando Noa retoma la conversación.

—¿Y tú piensas que aquí el acto de amor es recuperar todos esos cuadros, mostrarlos al mundo? —pregunta.

—Lo pienso —asiento—. Porque si se quedan encerrados en esa casa, cubiertos de polvo, dejaran la historia sin contar. Catalogarlos sería darles nombre y fecha; exponerlos, devolverle a ella un lugar. No para convertirlo en negocio, sino para que exista fuera de su cabeza… y de la mía.

—Vale —dice, animándose—. Yo puedo ayudar. En Oviedo conozco a gente de Historia del Arte; dan una asignatura sobre comisariado de exposiciones. Podría preguntarles y que nos aconsejaran sobre la mejor forma de hacerlo.

—Me encantaría —respondo—, pero todo pasa por convencerlo a él… y no lo tengo nada claro.

—Entonces tendrás que ponerle cara de corderito —bromea, subiendo las cejas—. De esas que ablandan a cualquiera. Con lo bonita que eres, seguro que lo convences.

—Gracias por el piropo, pero solo me sale cara de vaca —le sigo el juego—. De vaca gallega como las de la carretera: plantada en medio y mirando fijo.

Se echa a reír; yo también. Los platos sobre la mesa vibran un poco con la risa.

—Pues mira —dice, limpiando con la servilleta—, si hace falta yo mugiré al lado para hacer coral.

—Trato hecho —respondo, levantando la cerveza vacía a modo de brindis.

—Ves, ahora tienes otro gesto. Algo de ilusión has recobrado. Si es que dicen de mí que soy impulsora de ilusiones ajenas —concluye.

El camarero, que ha regresado con la cuenta en un platito, nos mira con rostro de sorpresa. Seguimos riendo. El mar golpea abajo con suavidad y, por primera vez desde que llegué a Galicia, siento que no estoy sola empujando esta puerta.

19

Cedeira, 21 de julio de 2024

WhatsApp. Minerva — 09:12

Sigo bien, dentro de lo que cabe: pesada, con las piernas como columnas al final del día y la niña ensayando claqué a medianoche. Pero todo en orden.

He leído tu mensaje y me alegra mucho lo de Noa. No dejes que la diferencia de edad te nuble: por cómo la describes, suena a persona equilibrada. Y recuerda lo nuestro en Santander: pasaron años sin vernos y reconectamos en dos cafés. La sintonía real no entiende de cronologías.

Sobre Mauro: su «no» puede ser solo tiempo. No renuncies, pero no empujes; acompasa tu iniciativa a su ritmo.

Para estos días, algunas micro-metas:

1. *Cuerpo (10 min): agua, fruta y respiraciones mirando a la ría.*
2. *Pinacoteca (25 min): títulos/textos o una nota amable para Mauro; si él abre, 2 fotos y 1 ficha.*
3. *Héctor (15 min): escríbelo aquí y cierra con «puedo avanzar aun recordando».*
4. *Presente (10 min): un gesto con Noa, sin prisa.*
5. *Cierre (3 líneas): qué hice, qué sentí, qué repito mañana.*

Si un día no puedes con todo, elige una. Y cuando dudes: ¿esto me acerca o me aleja de la vida que quiero? Estoy contigo.

Me tomo en serio el mensaje de Minerva. En el desayuno, incorporo una manzana. Bajo a la playa con la sudadera puesta; el aire está limpio y la ría parece desmontada en piezas. Hago las tres respiraciones mirando el agua, contando hasta cuatro, soltando lento. Miro a derecha e izquierda: no está Mauro. Me extraña. El lugar donde suele plantar el caballete conserva unas huellas viejas de trípode, nada más. Repito las respiraciones cinco veces. Me quito el abrigo y tomo el sol, que hoy parece calentar más fuerte.

Regreso a casa con la sensación de que el día me empuja a otro sitio. Decido empezar una de las tareas que me prometí al llegar: vaciar el armario de mi tía. No tiene nada colgado en perchas, pero sí cajas en los laterales. La habitación huele a alcanfor y levemente a un perfume que ya no sé nombrar. Abro las cajas: vestidos de lana doblados, faldas que crujen, blusas dobladas con paciencia de otra época. Voy sacando una a una las prendas y apilando en la cama. En el cajón de abajo encuentro medias en su papel de seda y, al fondo, una caja de zapatos sin marca.

La llevo a la mesa y levanto la tapa. No hay zapatos. Hay papeles: recibos con sellos, estampas de santos, recortes de periódico y un par de fotos pequeñas. También hay cartas. Atadas con una cinta desvaída. Siento un pinchazo en el estómago antes de leer nada. Deshago el nudo con cuidado, como si fuera una operación delicada, y aparecen sobres sin sello, otros abiertos y varios folios doblados en cuatro.

En una hoja amarillenta, arriba a la izquierda, leo: «Querido Mauro:». La tinta está algo corrida en dos palabras, como si hubiera dudado. Me siento. Paso el pulgar por el borde del papel para aplanarlo y empiezo:

Querido Mauro:
No sé si esta carta debe salir de esta mesa, pero necesito escribirla. Han pasado semanas y todavía oigo tu voz pidiéndome perdón. No te lo concedo hoy, aunque te quiera. Tengo que decirlo así, sin adornos: se me ha roto

algo que no sé coser. A veces pienso que la vida es una clase donde todo tiene su nombre y su sitio; otras, que es un patio de recreo donde uno se cae y se levanta sin preguntar. No sé cuál de las dos soy. Te escribo porque, a pesar de todo, te veo en todo: en la ropa tendida, en el olor a sal por las tardes, en el gesto de mis manos cuando cierro la escuela.

Me arde la cara. Sigo leyendo:

No sé si algún día podré mirarte y que no me duela. Hoy no puedo. Tal vez mañana tampoco. No me pidas que niegue lo que has hecho, pero tampoco me pidas que niegue lo que siento. Rezo y no encuentro palabras mejores que las nuestras. Si vienes, no entres; si llamas, espera. Si te vas, no me lleves contigo. No sé si esto es orgullo o miedo. Sé que es lo único que puedo hacer para no perderme.

Me quedo quieta, el papel sigue abierto sobre la mesa. No hay fecha; solo «Cedeira» al margen y una firma al final que es apenas un trazo que reconozco por otros documentos de mi tía. Cierro los ojos un segundo. La caja todavía guarda más cartas y más pliegues. Respiro y apoyo la palma en la mesa para no temblar. Fuera, una gaviota grita y el sonido llega como un aviso. Vuelvo a mirar el «Querido Mauro» y entiendo que esta casa no estaba vacía: solo estaba esperando a que alguien decidiera leer.

20

Cedeira, 12 de noviembre de 1974

La tarde había caído sin avisar. En la cocina aún quedaba el olor del caldo que Gemma no había probado y la radio seguía encendida en un volumen bajo. Estaba sentada a la mesa con la carta entre las manos. La había escrito despacio, deteniéndose en cada frase como si al hacerlo pudiera medir el daño, como si las palabras sirvieran para contenerlo. El papel era fino y en un par de líneas la tinta se había corrido levemente, un descuido mínimo que ahora le parecía una traición del cuerpo. Había releído la carta dos veces sin decidirse a doblarla. No sabía si aquella hoja debía salir de la casa o quedarse allí para siempre.

Oyó los pasos en la escalera antes de que él llamara. Los reconoció al instante. Mauro subía siempre con un ritmo irregular, dos escalones rápidos y uno más lento, como si el cuerpo todavía se balanceara con la memoria del mar. Gemma cerró los ojos un segundo, no para armarse de valor, sino para no levantarse. El golpe en la puerta fue torpe, contenido al principio, luego algo más firme.

—Gemma —dijo él desde el otro lado—. Soy yo.

Ella no respondió. Tenía la carta extendida sobre la mesa, la palma izquierda sobre el papel, como si así pudiera evitar que se deshiciera. Mauro volvió a llamar, ahora con más fuerza.

—No vengo a discutir —dijo—. Solo quiero hablar contigo. Déjame explicarte.

Gemma se levantó despacio y dio dos pasos hacia la puerta, pero se detuvo. Apoyó la frente en la madera. A través de ella le llegaba el olor a sal y a tabaco húmedo, el mismo de siempre. Pensó que ese olor era una trampa, que había sido siempre una trampa. Al otro lado, Mauro respiraba fuerte, como si hubiera subido corriendo.

—Te he escrito —continuó él, que empezó a elevar la voz—. No sé si has leído mis cartas. Te he pedido perdón de todas las maneras que sé. No fue nada, Gemma, te lo juro. Fue una noche y nada más. Un error.

Ella apretó los labios. La palabra «error» le golpeó por dentro con una precisión cruel. Miró la carta que aún tenía en la mano. «Se me ha roto algo que no sé coser», había escrito. Pensó que eso era exactamente lo que pasaba: no había aguja ni hilo posibles.

—No me grites —dijo al fin, con una voz que no parecía suya—. No grites en mi casa.

—No estoy gritando —respondió él—. Estoy intentando que me escuches.

—Te escucho —contestó ella—. Te escucho desde hace semanas.

Mauro apoyó la frente en la puerta, del otro lado, en el mismo punto donde ella estaba ahora. Durante un instante estuvieron separados solo por la madera, pero también por todo un océano de sentimientos contradictorios.

—Déjame pasar —pidió—. Aunque sea un momento. No me voy a ir hasta que me mires a la cara.

Gemma notó cómo algo se le soltaba por dentro, una tensión que llevaba días sujetando con cuidado. Abrió la boca para decir que no, que se fuera, que no insistiera más, pero lo que salió fue un sollozo breve, seco, que la sorprendió. Se giró de espaldas a la puerta y apoyó la mano libre en la mesa para no caer. La carta tembló. Una lágrima cayó sobre el papel y dejó una mancha oscura justo encima de la firma.

—Vete —dijo entonces, con un hilo de voz—. Vete, Mauro.

—No puedo —respondió él—. No sin que me perdones.

Ella giró sobre sí misma y volvió a la puerta. Ahora sí levantó la voz, no un grito, sino de una forma más profunda.

—No me pidas eso —dijo—. No me pidas que haga como si no hubiera pasado. No me pidas que sea otra.

Al otro lado hubo silencio. Luego Mauro habló más bajo.

—Yo sin ti no sé quién soy.

Gemma cerró los ojos. Pensó en la escuela, en los niños con las manos frías, en el gesto de cerrar la puerta cada tarde y en el orden que se imponía para no perderse. Pensó en lo que había sido capaz de construir sola y en lo poco que había necesitado para que todo se resquebrajara.

—Pues tendrás que aprender —dijo—. Porque aquí ya no puedes estar.

Hubo un golpe seco, no de rabia, sino de frustración, quizá el puño apoyado en la madera. Mauro respiró hondo varias veces, de forma sonora. Ella imaginó sus manos grandes, incapaces ahora de arreglar nada.

—Te dejo una carta —dijo él—. Léela cuando puedas.

—No —respondió Gemma—. No quiero nada más de ti.

Él insistió.

—Por favor.

Ella apoyó la espalda en la puerta y dejó caer la cabeza hacia atrás. La carta que había escrito seguía en su mano, húmeda por la lágrima. Pensó que era absurdo, que no había cartas suficientes para explicar lo que se había roto.

—Vete y no vuelvas más —dijo entonces, con una claridad que no admitía réplica.

Del otro lado no hubo respuesta inmediata. Pasaron unos segundos largos y densos. Gemma escuchó los pasos alejándose por la escalera, primero lentos, luego más rápidos. Esperó. No se movió. Cuando el silencio se asentó del todo, se dejó resbalar hasta quedar sentada en el suelo, con la espalda apoyada en la puerta.

La carta seguía abierta entre sus manos. No la dobló. No la rompió. La sostuvo así un rato largo, como si todavía fuera posible que las palabras encontraran su sitio. Fuera, el mar seguía golpeando con la misma paciencia de siempre. En el piso frente a la ría, Gemma entendió que algo había terminado sin hacer ruido y que ese silencio sería, desde entonces, su única respuesta.

21

Cedeira, 21 de julio de 2024

Intento concentrarme en la novela, pero las palabras se me desarman en las manos porque, además, el texto es duro.

> Hace hoy doce años que él me abandonó, hoy once que mi hijo ha muerto y que todo se acabó para mí: desde entonces la vida ha faltado a mi vida, y aquellos sueños míos y aquellos delirios míos se acabaron para no volver jamás… en cambio los que ahora me persiguen son desgarradores como el grito de la tormenta en las soledades de la playa.

Ni la lectura, ni las micro-metas, ni ordenar la ropa de la tía: todo se me vuelve ruido. Vuelvo a la mesa. He leído ya casi todos los papeles de la caja: recibos, recortes y notas sin importancia. Pero hay otra carta en un sobre abierto, sin sello. Tras leerla varias veces, la tengo frente a mí, la miro a media distancia, incapaz de moverme, de guardarla, sin saber qué hacer con ella. Arriba, a la derecha, pone «Cedeira». Abajo, la misma caligrafía que antes. En el centro, otra vez: «Querido Mauro».

Respiro hondo, me acerco y la vuelvo a leer. La tinta es de otro tono; la letra, más firme, como si hubiera tomado impulso antes de escribir. Parece posterior.

Querido Mauro:
Han pasado tres años y no sé si esta carta tiene sentido. He vivido en silencio todo este tiempo, con mi trabajo, mi escuela, mis niñas y mis tardes de corregir y de recoger ropa del tendedero mirando la ría. Creí que el tiempo haría el trabajo por mí, que un día amanecería y ya no dolería. No fue así. El dolor cambió de sitio: dejó de ser punzada y se volvió hueco, y en ese hueco he escuchado mi propia voz más que nunca.

He rezado por ti y por mí, por encontrar palabras que no fueran orgullosas ni débiles. Hoy las encuentro y son estas: te perdono. No sé si se perdona como me enseñaron, con una ceremonia exacta. Sé que, cuando pronuncio tu nombre, ya no hay rabia, solo tristeza y un cariño que no ha sabido desaparecer.

No te escribo para volver como si nada. Te escribo para decirte que, si alguna vez regresas, podemos intentarlo despacio. Vernos en la calle, ya sea en la plaza o junto al cruceiro, caminar sin tocarnos si hace falta o hablar de otras cosas antes de hablar de lo nuestro. No te prometo olvidar; te prometo intentar vivir sin medirlo todo con aquella noche.

Si te parece poco, al menos acepta que ya no te odio. Si te parece demasiado, deja esta carta donde está. Yo seguiré con mi escuela y con mi costumbre de leer en voz alta a quien quiera escuchar.

Si vienes, llama a la puerta. No esperes, ya sí estoy lista para salir.

Tuya,
G.

Sigo con la carta abierta sobre la mesa, como si el papel iluminara la habitación. Siento la sangre en las sienes, es un calor que sube sin permiso. No la envió, escribió el perdón, pero no lo pronunció. Esta carta nunca salió de aquí. No entiendo cómo se guardó todo esto. No sé si no tuvo valor, si llegó tarde o si no supo cómo. Pienso en Mauro pintándola año tras año, sin saber que, tres inviernos después, mi tía había escrito este «te perdono» que no llegó a su destino.

Apoyo los dedos en su firma mínima, ese G. que reconozco de las notas de la cocina. El piso está en silencio; se oye un golpe de viento en la persiana y, por un segundo, me parece que el mundo entero se ha quedado escuchando. Doblo la carta con mucho cuidado y me la acerco al pecho. No sé aún qué haré con ella. Sí sé que, desde este momento, la historia ha cambiado. Y que alguien, en algún punto del mapa, tendría que saberlo.

Llaman a la puerta. Pienso en no abrir, pero insisten. Abro. Es Noa.

—¿Qué te ha pasado? —dice sin preámbulos—. Tienes cara de haber visto un fantasma.

—Pasa —murmuro mientras me ajusto las gafas—. ¿Quieres tomar algo?

—Con un vaso de agua me conformo.

Voy a la cocina, abro el grifo. Cuando vuelvo, sus ojos se han detenido en la mesa: el libro de Rosalía abierto junto a la caja y la carta. Toca el lomo con la punta de los dedos y, al ver el nombre, recita muy bajo:

Adiós ríos, adiós fontes
adiós, regatos pequenos;
adiós, vista dos meus ollos,
non sei cando nos veremos.

La escucho. Los versos dejan eco en la habitación. Le tiendo el vaso; lo toma con ambas manos, como si necesitara calidez además de agua. Entonces tomo la carta.

—No es Rosalía —digo—, pero para morriña, esto. Léela.

Se sienta, apoya el codo y empieza. La veo fruncir apenas el ceño en la primera línea, respirar hondo a mitad, detenerse un segundo en el «te perdono». Cuando termina, levanta la vista.

—Escribe muy bien —dice—. Entiendo que es tu tía… Qué manera de decir las cosas sin gritar. ¡Qué sentimientos!

—No la envió —respondo—. Se quedó aquí. Tres años después de la ruptura… y no salió de la casa.

Noa guarda silencio. Deja el vaso, mira la carta y luego a mí, como si ajustara una pieza.

—Tu tía no la envió —dice al fin—, pero nosotras podemos hacer que llegue a su destinatario. Quizá sea el empujón que falta. Para él. Y para ti. Para que esos cuadros salgan y respiren.

Me quedo con la carta en las manos. Siento que la casa, por una vez, me da una oportunidad. Mi propia voz dice, casi sin pensarlo:

—Vamos a intentarlo.

22

Cedeira, 22 de julio de 2024

Despierto. Arranca un nuevo día, pero recuerdo lo que he soñado como si acabase de ocurrir en la habitación de al lado.

Soñé con el mar. El barco avanzaba lento, dejando una cicatriz blanca en el agua. Hacía sol y viento; olía a gasoil y a sal. Héctor iba a mi lado, con una mano en el bolsillo de la chaqueta como si escondiese algo. Aquel día había existido: yo pensé que me iba a pedir matrimonio. Él estaba más callado que de costumbre, midiendo las frases; yo me aferraba a la barandilla fría, imaginando el tamaño de una cajita.

En el sueño me dijo mi nombre y me pidió que mirase al horizonte, «ahí donde el azul cambia». Obedecí. Cuando volví la cara, sonrió. No había cajita, ni palabras ensayadas: solo el gesto sereno de quien ya ha decidido. Dio un paso, luego otro, y antes de que llegase a entenderlo se arrojó por la borda. El agua lo tragó sin ruido, como si lo hubiese estado esperando. Intenté gritar, pero el aire se me cayó de la boca; corrí al borde y no vi nada, solo un vidrio verde que no devolvía respuestas. El motor siguió su curso.

De pronto me vi en la biblioteca; luz blanca y el pitido del lector de códigos marcando el tiempo. Una señora me devolvía un manual de jardinería, un niño pedía monstruos, alguien preguntaba por el periódico… Sellé, apilé y sonreí. Miré mis manos: secas, calientes y sin rastro de sal. En una mesa, Machado abierto por cualquier poema. Todo estaba en su sitio: tejuelos, inventario, el resguardo de la impresora... Nadie preguntó por el hombre que había saltado; yo tampoco. Cerré el libro de devoluciones, guardé el tampón y pasé la bayeta por el mostrador. Sin más.

En algún lugar leí que la lectura y la vida son la materia que se cruza en los sueños. Anoche, el último párrafo que leí antes de dormir hablaba de un deseo en barco:

> Si fuera dueño de ese vapor que acaba de pasar, yo te haría su reina, y en él daríamos la vuelta a esos mundos de que me has hablado, y que según dicen son más grandes que el cielo que estamos viendo, ¿no es cierto?

Hoy al menos tengo una expectativa. Noa se encargó de entregar a Mauro la carta de la tía. No pude verla después, pero me escribió confirmando la acción. Su plan era que la recibiera en mano, de ella, a quien Mauro no conocía, ya que ambas temíamos que no aceptara nada por mi parte. ¿Irá hoy a pintar a la playa? ¿La habrá leído? ¿Me dirá algo?

Bajo temprano a la playa con una sudadera mal puesta y la carta en la cabeza. Camino hasta el lugar donde Mauro suele plantar el caballete y miro a lo largo de toda la orilla: nadie. La arena está repleta de conchas, pero el pintor no está hoy tampoco.

Me quedo de pie, con las manos en los bolsillos, y trato de imaginar a Mauro con la carta en las manos, leyendo despacio el «te perdono» que mi tía no envió. No sé si la habrá abierto, si la habrá entendido o si la habrá guardado como quien guarda una brasa. Escucho pasos detrás. Es Noa, con la capucha subida y ojos de no haber dormido mucho.

—No podía quedarme en casa —dice, acercándose—. Quería acompañarte.

Asiento. El aire está frío y huele a algas. Le señalo el vacío frente a nosotros.

—No ha venido —murmuro—. Ayer tampoco.

—Yo le di la carta. Se quedó extrañado, no me había visto nunca, pero me abrió la puerta, le extendí la mano y le dije que era para él.

—¿Y la abrió?

—La miró. Sé que reconoció la letra porque le cambió el gesto. Y cerró sin decir más.

Nos quedamos mirando el agua un rato, sin decir nada. La frase se me escapa antes de pensarla.

—Me siento mal… por mi tía, por él… por mí.

Noa no pregunta. Me abre los brazos y yo doy un paso. Apoyo la frente en su hombro y noto el latido regular bajo la tela.

—Héctor —digo, como quien deja caer una piedra en un cubo de agua.

Ella no sabe la historia. Podría pedirla. No lo hace. Me abraza más fuerte, una mano en la nuca, la otra en la espalda, y me balancea apenas, como si el cuerpo supiera cómo consolar cuando las palabras estorban.

—Estoy aquí —dice, bajito.

Cierro los ojos. La ría respira, las gaviotas pelean por un trozo de algo y el día sube un punto de luz. Me separo despacio, limpio con el dorso de la mano la humedad de los ojos que ha empañado las gafas y miro otra vez el hueco donde debería estar el caballete.

—Esperamos un poco —propone Noa—. Y si no viene, vamos a por café.

—Vale —respondo, y me aferro a esa promesa pequeña como quien se agarra a una barandilla. Mientras tanto, dejo que el abrazo siga haciendo su trabajo.

Nos sirven el café y las tostadas aún humeantes. La avenida tiene ese rumor de mañana: coches lentos y pasos que van a hacer la compra.

—¿Te gusta la literatura de Rosalía de Castro? —pregunto, untando mantequilla e intentando olvidar el motivo de mi decepción tras no encontrar a Mauro en la playa.

—Mucho —dice Noa—. Hay poemas que quienes hemos sido escolares en Galicia nos sabemos de memoria. Varios son de Rosalía. Los recitas y te salen como canción.

—¿Y en prosa?

—Ahí fallo —sonríe—. No he leído nada en prosa de ella. Así que por eso me llamó la atención la novela que estás leyendo.

Voy a responder cuando la puerta se abre de golpe y entra Mauro. Lo reconozco antes de verlo entero: esa forma de adelantarse con los hombros, el pelo blanco desordenado, la barba más gris que ayer. Viene demacrado, con la cara afilada, puede que por un mal dormir. Mira la sala y avanza rápido hasta nuestra mesa.

—Te he buscado en la playa —espeta, sin saludo—. No estabas. Te he visto aquí de casualidad.

Suelta sobre la mesa un llavero con dos llaves que chocan contra la loza del plato vacío. El golpe suena más fuerte de lo que debería. Me quedo inmóvil.

—Lo he pensado mejor y te voy a dar unos días —dice, clavando la mirada en las llaves—. Ocúpate tú del asunto de los cuadros. Yo me mantendré al margen.

Trago saliva. Siento la silla firme bajo las piernas y el café demasiado caliente en la mano.

—Empiezo esta tarde —acierto a decir.

Asiente una vez, breve.

—Yo saldré a la mar con unos conocidos —añade—. Vuelvo cuando vuelva.

Levanta la vista un segundo hacia Noa, asiente a modo de saludo y se marcha.

Me quedo mirando las llaves en el plato, como si fueran un animal extraño. Noa se inclina un poco, sin tocar nada.

—Funcionó, ya tienes el acceso —dice, muy despacio.

Asiento. El café humea. Algo se me alza por fin: no sé si es coraje o vértigo, pero tiene forma de llave.

23

Zamora, 19 de enero de 2024

Héctor me contó una anécdota de clase. Era invierno; leían y analizaban un poema. Un alumno levantó la mano, cansado de subrayar con lápiz: «Profe, ¿por qué tenemos que analizar un poema del río Duero? Si lo hemos visto desde críos… No es para tanto. Si al menos fuera el mar…». La clase rio por lo bajo y él dejó la tiza en el borde, con esa paciencia que me daba envidia. «Precisamente por eso», dijo. «Porque lo veis todos los días. El mar deslumbra y te obliga a mirarlo. El río hay que aprender a mirarlo. Y para esto sirve la poesía, mira y habla de forma distinta a como vemos y hablamos normalmente». Entonces les pidió que cerraran el libro y recordaran un tramo del Duero: un puente, una piedra, la curva donde alguien se besó por primera vez. «Eso también es literatura», remató, y volvió a la tiza con una media sonrisa.

Me lo contó caminando a mi lado, junto al propio Duero, una tarde de cielo limpio. Enlazó aquella anécdota con *El viejo y el mar*: habló de la terquedad digna, del pulso entre el hombre y lo inmenso, de cómo Hemingway te mete en una lucha donde lo de fuera es lo de dentro. Después saltó a Alberti, al marinero en tierra que añora el puerto que ni siquiera es suyo; a José Hierro, que escuchó voces de mareas y fábricas; a Gerardo Diego y sus aguas del norte; a Machado apoyado en las orillas, mirando cómo el río se lleva y a la vez sostiene. «Muchos hemos vivido lejos del mar», dijo, «por eso la poesía se llena de ríos: porque están, porque pasan contigo. El mar es un deseo; el río, una compañía».

Yo asentí mirando el reflejo dorado en la piedra, pensando que al día siguiente todo seguiría igual. Aquel invierno él llevaba las manos en los bolsillos más tiempo del habitual, se quedaba un segundo de más mirando el agua, como si buscara en la corriente una palabra que no encontraba. Lo noté melancólico y, aun así, no supe leerlo. No supe vaticinar que, poco después, se marcharía.

24

Cedeira, 22 de julio de 2024

Camino mirando la ría, el agua plana como un vidrio que respira. Llevo las llaves de Mauro en el bolsillo y el metal me golpea la cadera a cada paso. Me gustaría aprender a mirar de verdad estas aguas, pero pienso en otras.

Entro en el barrio de Crónicas por la calle estrecha donde las fachadas marineras se rozan con los hombros. El viento trae olor a cuerda húmeda y a pintura vieja. Llego a la casa. La llave grande entra a medias; giro, retrocede, pero insisto. La madera hinchada protesta. Empujo con la cadera y, al fin, la puerta cede con un gemido largo, como si me reprochara despertarla.

Dentro está oscuro. Huele a antiguo: a humedad, a aceite de linaza, a sopa de otro invierno y a polvo reciente sobre un suelo que no se ha fregado hoy. Cierro detrás de mí y tanteo el interruptor: no funciona. Camino hasta la ventana, aparto la cortina amarillenta y levanto el pestillo: entra una franja de luz y con ella el fresco. El aire se mueve y arrastra motas de polvo que flotan como semillas. Abro también la hoja pequeña de la cocina; el rumor de la ría se cuela y algo se ordena. Dejo la carpeta sobre la mesa, recojo el aliento y subo la escalera estrecha. Cruje cada peldaño; la barandilla pega el astillazo del barniz viejo en la palma. Arriba, el taller es penumbra. «Vamos», me digo. Descorro la primera cortina y luego otra. La luz cae sobre los lienzos cubiertos por telas grises. Las retiro con cuidado, una a una. El olor a óleo seco se levanta como un animal manso.

El panorama me abruma y, a la vez, me calma: bastidores grandes apoyados en la pared, medianos apilados en dos columnas inestables, pequeños recostados como libros; varios rollos de lienzo sin tensar atados con cuerda; una mesa con carboncillos gastados, trapos endurecidos, tubos de color al límite; dos caballetes, uno cojo; cajas con bocetos y un cuaderno de tapas rígidas abierto en una página con la silueta de una mujer mirando al mar. Es ella, siempre ella, en edades distintas. También hay distintas marinas como escenario: el faro, la playa, un temporal y la ría en calma. Y, entre medias, estudios de manos, de nucas o de horizontes.

No pienso en títulos, ni en textos, ni en fotos. Hoy empiezo por contar. Saco el cuaderno pequeño, el lápiz y elijo una esquina. Señalo con el dedo, susurro sin querer:

—Uno.

Un formato grande, vertical, retrato de tres cuartos.

—Dos.

Marina con cielo bajo.

—Tres, cuatro, cinco... —los pequeños apoyados como naipes.

Anoto M-0001, M-0002, M-0003... a la izquierda, corto y limpio. Dibujo un rectángulo mínimo para recordar el formato (vertical, horizontal), una flecha si está en mal equilibrio, un asterisco si la figura me atrapa. Cambio de pared:

—Dieciséis, diecisiete...

Me cruzo de hombros con un espejo que me devuelve polvos de luz en la cara. Sigo:

—Veinticuatro, veinticinco...

Respiro y me detengo. Vuelvo a empezar por otra hilera. Decido un orden de avance —pared norte a sur, de grande a pequeño— y una regla: no mover, no opinar y no pedir nada; solo contar. Debo darles lugar en mi hoja para, poco a poco, devolverles sitio en el mundo.

La suma crece y yo me vengo arriba. Sigo por la pared norte, de grande a pequeño. El lápiz golpea suave el lomo del cuaderno en cada número, como si marcara una respiración:

—Veintiséis… veintisiete… veintiocho.

Decido dibujar un plano mínimo del taller: cuatro paredes, una ventana, dos caballetes y la mesa. Marco con letras cada tramo (A, B, C y D) y, dentro, anoto las hiladas: A1 (5 lienzos), A2 (3), B1 (apilados, 7)… Así, cuando regrese, sabré por dónde seguir. Me obliga a mirar mejor: descubro que en la columna B1 los pequeños no están del todo alineados; el tercero, de borde agrietado, tiene una grapa antigua asomando.

Abro un poco más la ventana. La luz entra franca por un minuto y me regala una visión limpia de la serie relacionada con la lectura: ella inclinada sobre un libro y tres edades diferentes de la misma postura. Los marco con un asterisco en el cuaderno (posible núcleo), pero me muerdo la lengua: hoy no elijo, hoy solo cuento.

—Treinta y nueve… cuarenta.

En la mesa hay un cuaderno de tapas rígidas. No lo abro del todo; apenas lo asomo lo justo para ver estudios de manos: dedos que sujetan una hoja, una muñeca que gira y la sombra de un pulgar sobre tela. También hay un perfil masculino con gorra de trazado rápido: Mauro, tal vez, mirándose sin insistir. Cierro y vuelvo al inventario oral.

—Cuarenta y ocho… cuarenta y nueve… cincuenta.

Me sorprende la cifra. Respiro hondo y apoyo la espalda en la pared. El olor a óleo seco y a disolvente antiguo me llega como un recuerdo que no es mío. Sigo: en la esquina de la pared C encuentro una marina de temporal (cielo bajo, espuma brava); justo detrás hay dos estudios de nuca con un mechón suelto cayendo al mismo lado. Hallo la misma mujer en variaciones mínimas. Me pregunto cuántas veces quiso plasmarla de otro modo.

—Cincuenta y siete… cincuenta y ocho… sesenta y uno.

Me detengo. «Escribo: Total provisional: 61». Debajo, la fecha y la hora. Añado una línea que Minerva me enseñó: qué hice/qué sentí. Comienzo a apuntar. «Hice: conté, dibujé el plano, aireé la luz. Sentí: vértigo primero, calma después. No moví nada».

El impulso me pide una sola ficha de prueba, aunque sea en borrador, para no irme con las manos vacías. Elijo el retrato de tres cuartos que abría la pared A: ella joven, mirada al lado, el vestido claro. No muevo el cuadro; me acerco lo justo para ver el grano de la pincelada.

Mido con la cinta métrica y después escribo en el cuaderno, a mano:

M-0001 (provisional).

Formato: 81×60. Orientación: vertical.

Técnica/soporte: óleo sobre lienzo.

Firma/inscripción: sin firma visible frontal.

Serie: lectura/vigilia (hipótesis).

Notas visuales: luz lateral fría; gesto de boca contenido; mechón sobre clavícula; fondo neutro con veladuras.

Palabras clave: retrato íntimo; expectativa; silencio.

Estado: polvo superficial; lienzo estable.

Me sorprende la serenidad que me da este mínimo orden. Vuelvo a mi regla de no hacer fotos hoy. El día no tiene una luz que les haga justicia y no quiero empezar con precipitación. O sí. Cojo el teléfono móvil y activo la cámara de fotos. Sin embargo, pronto me doy cuenta de que no hay luz suficiente. De hecho, aunque amanezca claro, no será suficiente para hacer las fotos aquí dentro. Está todo demasiado apilado, no hay espacio ni claridad. ¿Habrá posibilidad de sacar los cuadros al exterior? Es lo primero que se me ocurre. Pienso en Noa. Le propondré que venga conmigo por la mañana.

Guardo el teléfono y cierro el cuaderno. Recorro el taller con la vista una última vez, como si pasara lista. Me subo las gafas con el nudillo como si también así pudiera ordenar lo que veo. No lo hago por manía, me digo, sino por necesidad. Porque después de contar y numerar lo que me queda es esto: mirar. O, quizá, dejar que los cuadros me miren a mí.

Primero están los de la ría, los de agua y orilla y los que Mauro pintó como si el mar no fuera una cosa enorme sino una respiración. Hay verdes que no son verdes y azules que parecen llegar húmedos; la luz no está puesta, está insinuada, como una mano que se retira a tiempo. En varios, mi tía Gemma aparece de espaldas, o de perfil, con ese gesto de no querer interrumpir el mundo. Me acerco al primero y, sin tocar el lienzo, murmuro: «Vosotros sois el principio». Los cuadros de agua siempre lo son: te dicen aquí puedes estar quieta y, aun así, algo se mueve.

Los cuadros donde Gemma lee están salpicados, pero hay unidad de tono. Los reconozco como se reconoce una fila de libros familiares en una estantería ajena. Gemma sentada con un volumen abierto, Gemma apoyada en un alféizar o Gemma con la cabeza inclinada como si el texto la hubiera llamado por su nombre. En uno, la ventana es un rectángulo blanco; en otro, la sombra del marco le cruza la falda y, en el de más allá, apenas se intuye la letra, pero el gesto de leer es tan exacto que basta. Me sale una sonrisa pequeña: aquí no hay bibliotecas, pero sí hay el mismo silencio. Paso por delante como quien pasa por un pasillo conocido y saludo, sin palabras, a cada una de esas Gemmas que leen. «Os entiendo», pienso. «A vosotras también os salvó esto».

Luego vienen las imágenes de viento. Las que tienen pañuelos, pelo suelto y dobladillos que se levantan. Son cuadros inquietos, como si el taller guardara todavía el golpe de aire que los hizo nacer. En estos, la pincelada se vuelve más rápida, menos prudente; el color no se asienta, vibra.

Me paro frente a uno donde el pañuelo parece escapar del cuello de mi tía y me acuerdo de Mauro diciendo «sin fecha, que me baila». Claro que le baila: aquí el tiempo no se queda quieto; aquí el tiempo vuela como una gaviota sobre la ría.

Al fondo, casi escondidos como los libros que nadie pide, están los retratos tardíos. Los miro con más cuidado. No son más tristes, pero tienen otra densidad, como si en el óleo hubiera más peso. Gemma mayor, Gemma con arrugas suaves, Gemma con una serenidad que no sé si fue real o inventada por él para consolarse. Me acerco a uno y siento el pinchazo: ese rostro es una posibilidad. Y me doy cuenta de que, en cierto modo, todos estos cuadros lo son: la vida que pudo haber sido si una carta hubiera salido de una mesa.

Vuelvo sobre mis pasos y miro el conjunto: los lienzos apilados, las esquinas golpeadas, los bastidores sin marco y el polvo como un velo fino sobre la madera. Y, de repente, el taller se parece menos a un trastero y más a una casa con sus habitantes alineados, esperando a que alguien encienda la luz y les ponga nombre.

Me acerco al cuaderno, lo abro por la página donde he escrito el total provisional y la nomenclatura. Pienso en la cinta de carrocero, en los *post-its*, en las fotos, en los detalles de firma y en la plantilla con sus columnas.

—Mañana empiezo —digo en voz baja y el sonido se queda flotando entre los lienzos como si fuera una contraseña.

Bajo las telas sobre los cuadros expuestos y cierro un palmo la ventana para que no entre humedad. Antes de bajar, me detengo en un lienzo pequeño que no había visto: dos manos de hombre sobre una red, uñas negras y sal cristalizada en los nudos. No hay mujer, no hay ría amplia: solo la faena. Lo marco en el plano: D3-pequeños (x1, manos con red). Me gusta pensar que es él diciéndose a sí mismo: «también fui esto».

Desciendo la escalera con cuidado, notando el crujido acompasado detrás de mis pasos. Abajo, la casa huele menos a cerrado ahora que las ventanas han respirado. Me detengo antes de salir, abro la carpeta y releo mi total provisional. Por primera vez en días, siento que empiezo.

Cierro la puerta con un empuje suave; la madera se defiende menos que a la llegada. En la calle, el barrio de Crónicas está en silencio. Meto las manos en los bolsillos y el metal de las llaves me vuelve a tocar la cadera. Camino hacia la ría sabiendo que, cuando vuelva, la suma seguirá siendo la misma… pero empezaremos a construir todo un legado.

25

Zamora, 22 de octubre de 2022

La primera vez que me fijé de verdad en sus libros me dio un pequeño ataque por el desorden. Los tenía repartidos por todo el piso: dos montones junto a la cama, tres sobre la mesa del salón, una hilera inestable en una cómoda, otro grupo boca abajo en la cocina... Y, sin embargo, en el pasillo había una estantería ancha, con baldas que pedían trabajo. «Déjalos como están», dijo al principio, medio en serio, medio a la defensiva. «Es mi equilibrio». Yo le propuse un trueque: yo los colocaba y él me leía un poema al final. Se rio. Lo fui acercando con promesas pequeñas, rozándole el brazo al pasar, besándolo en la sien cada vez que cedía un centímetro.

Extendí una manta en el suelo y empecé a acumular volúmenes: novela con novela, poesía con poesía y ensayo con ensayo.

—Por orden alfabético de autor —anuncié, solo para provocar su cara de tragedia.

—Luego no encontraré nada.

Le contesté que para eso estaba el alfabeto. Discutimos con gusto si García Márquez iba en la G o en la M, si Pío Baroja era P o B, si Hemingway debía sentarse cerca de Rulfo para que se hicieran compañía. Él fingió desesperarse cuando aparqué a Cortázar lejos de Bolaño. Entre queja y queja yo le rozaba la cintura, le sacaba una sonrisa y el polvo de los lomos se nos quedó en las yemas como harina.

Mientras alineaba los libros pensé que ese gesto no era nuevo, que ya lo había hecho antes, en otra casa, con otras manos. En Santander, muchos años atrás, cuando la casa de mis padres empezó a quedarse demasiado grande para una sola persona porque mi madre visitaba ya mucho a mi hermano. Nadie me pidió entonces que ordenara nada, pero yo empecé por los libros como si fueran los únicos que todavía podían obedecerme. Los saqué de las estanterías una tarde de invierno, con el radiador encendido y la música de Pereza. No sabía muy bien qué buscaba, solo recuerdo la necesidad de que algo tuviera sentido, de que las letras se quedaran quietas aunque todo lo demás se hubiera movido.

Allí aprendí que ordenar libros no era una manía, sino una forma de conversar con el silencio y de colocar la vida en un sitio manejable. Quizá por eso, años después, en el piso de Héctor, me sentí tan cómoda repitiendo el gesto, como si al hacerlo pudiera garantizar que nada malo iba a pasar después.

Terminamos al anochecer. Todo estaba en su sitio y las baldas eran motivo de orgullo. Él pasó el dedo por los lomos recién alineados, como si leyera en Braille el nuevo orden.

—Gracias —dijo en voz baja, y me abrazó por detrás.

A los dos días protestó con los libros de teatro porque ya no encontraba nada y yo lo callé con otra risa y otro beso.

Alguna vez pensé, tarde, que quizá no era solo resistencia al orden. Tal vez ordenar aquella librería era también admitir que después venía el siguiente paso, mover la mía, mezclar las dos, empezar a vivir juntos. Ahora sé que también ordenaba por miedo al desorden que llega cuando alguien se va.

26

Cedeira, 23 de julio de 2024

> ***WhatsApp. Minerva — 08:51***
> *¿Has empezado ya? Me encanta que hoy tengas ayuda: con Noa al lado todo va a ser más llevadero. No intentes hacerlo perfecto; hazlo constante. Empieza por lo fácil, y si en algún momento te pesa, para un minuto, respira y vuelve: lo importante es avanzar, aunque sea poco.*

Noa llega con dos cafés para llevar y una bolsa de pan aún caliente. Entra como entra la luz cuando alguien abre dos ventanas a la vez: rápida y con risa en los ojos.

Yo ya llevo tiempo despierta y he pasado mis altibajos. Todo por un fragmento del libro de Rosalía: «El amor cuando es verdadero es una locura… una embriaguez que lo hace olvidar todo… todo hasta la vida misma». Pero he sido capaz de decirme «ahora no». He cerrado el volumen y he vuelto a las anotaciones de los cuadros y a los enseres de mi tía. Ahora agradezco la llegada de Noa.

—¿Pero qué es todo esto? —se planta delante de las cajas del salón que guardan la ropa de la tía, levanta una prenda y hace girar un vestido estampado de flores mínimas—. Esto es oro, Gema. *Vintage* del bueno. Algunas cosas se pueden reutilizar, fijo.

—Yo no me veo —digo, y me sale una sonrisa pese a todo—. Pero están a tu disposición.

—Primero desayuno, luego desfile —bromea, y ya se ha calzado en los hombros una chaquetita corta de punto que le queda extrañamente bien—. Prometo no llevarme nada sin pasar por la comisión de patrimonio.

Nos sentamos en la mesa baja, el café humea. Noa arranca un trozo de pan a mordisquitos, como si el día no le cupiera y necesitara repartirlo en varios. Yo le quito la barra, me la llevo a la cocina, lo corto y lo preparo en tostadas. Al regresar al salón, pongo los platos sobre la mesa. También le acerco el cuaderno.

—Mira, la ficha piloto —le enseño la página: M-0001, medidas aproximadas, notas y palabras clave.

—Esto me encanta. Se lo mando a mi amigo, a ver qué le parece —dice, y subraya con el dedo «expectativa» y «silencio»—. Suena a título de expo.

—Eso queda lejos —respondo—. Tenemos un problema: fotos. Allí dentro no hay luz suficiente. Todo está apilado. Hay que sacarlos al exterior… poco a poco. La calle es estrecha y no quiero montar un espectáculo.

—Plan —dice, ya con el tono de logística de guerra—. Comencemos la «operación caracol». Uno por uno. Primera hora. Portal abierto, manta en el suelo, dos caballetes, cinta de carrocero para los números… y yo de pinza oficial.

—¿Pinza?

Se quita una del pelo y la pone sobre la mesa como si dejara una credencial.

—Sirve para todo. Y si pasa un vecino, sonreímos y ya.

Noa sonríe y da un sorbo largo de café. Se recoge el pelo en una coleta alta mientras me escucha; el gesto deja a la vista la curva limpia del cuello y una mancha de harina de pan en el pulgar. Garabatea flechas en la servilleta: «casa →

portal → foto → portal → casa». Cuando termina, me mira y frunce la nariz con una cara que no conocía.

—Y si el viento se pone tonto, plan B: el zaguán, con la puerta abierta. Luz rasa, cero brillos.

—Aunque siento decirte que no hay zaguán.

Nos reímos. Noa moja pan en el café como si fuera un ritual. Con la otra mano, toca el borde de mi cuaderno.

—¿Estás nerviosa? —pregunta bajito.

—Un poco. Y triste. Y con ganas —digo, y me sorprende lo fácil que sale.

—Normal —responde, y me aprieta los nudillos con la punta de sus dedos, apenas un instante—. Lo hacemos juntas, ¿sí?

Asiento.

—Pero conté 61 cuadros, así que hay mucho trabajo —añado.

Nos levantamos casi a la vez. Ella guarda la servilleta con el croquis, me toca los nudillos un segundo, un «vamos» sin palabras, y abre la puerta con una energía que me arrastra.

Recogemos la mesa sin decir gran cosa. Antes de salir, vuelve a atarse la coleta, me roba una miguita de pan del plato y, sin dejar de sonreír, pregunta:

—¿Lista?

—Lista —respondo y echo la llave sabiendo que, a veces, es así como se hacen las cosas importantes: con café, con pinzas y con alguien que te agarra la mano justo cuando el plan empieza a andar.

No tardamos mucho en llegar a la casa del barrio de Crónicas. Abrimos con las llaves que Mauro dejó caer sobre mi mesa. La cerradura cede con un chasquido húmedo y el olor de siempre.

—No está —dice Noa, asomándose al taller de arriba—. Se nota el silencio.

—Entonces empezamos —indico con determinación.

Subimos. La buhardilla nos envuelve con su penumbra habitual y las cortinas corridas a medias. Abro de par en par.

—Madre mía... —susurra Noa, sorprendida—. ¿Cuántos hay? Parecen cientos.

—No tantos, pero suficientes como para necesitar un sistema.

Dejo la carpeta sobre una mesa y «montamos» el puesto de trabajo: cerca de la ventana, donde entra luz lateral sin brillos. A la derecha, planeamos la «zona fotografiada»; a la izquierda, «pendientes». En el centro colocamos una silla vacía para apoyar cada lienzo. Disponemos de cinta de carrocero, un rotulador fino, cinta métrica y mi cuaderno. Noa coloca el móvil en modo cuadrícula.

—¿Empezamos por verticales? —propone.

—Sí. Y sin mover los grandes. Los fotografiamos donde están.

Aunque ya estaba marcado de la tarde anterior, para unificarlo todo, escribo en el primer *post-it*: M-0001. Lo pego y Noa sostiene el lienzo con ambas manos para que quede recto, yo doy dos pasos atrás.

—Listo. Ah, y mi amigo el futuro comisario nos da el visto bueno —dice.

Disparo una foto frontal y dos detalles (firma y textura). Apunto en la ficha:

M-0001 — Mujer leyendo junto a ventana. Óleo/lienzo. 61×46 cm (sin marco). Firma «M.», inf. dcha. Estado: leve grieta en borde sup. Localización: taller, pared E. Palabras clave: lectura, ventana, ría.

Pasamos al siguiente. M-0002. Los dedos se nos van manchando de polvo y alegría.

—Mide tú —le pido.

—Cuarenta y... cuarenta y ocho —canta Noa, con la cinta tensada—. Apunto.

A ratos bajamos los cuadros pequeños a la puerta del taller para ganar la pared limpia y una luz uniforme. Los apoyamos en el umbral, protegidos del sol directo. El viento que sube por la escalera apenas mueve las cortinas.

—Este me gusta —dice Noa, señalando a mi tía de perfil y con pañuelo—. Tiene algo de estatua que piensa.

—No lo bautices todavía —respondo, sonriendo sin querer—. Aquí las paredes escuchan.

Ella ríe y esa risa despeja la habitación más que el trapo. M-0003, M-0004... El sistema empieza a andar solo: número, foto, medidas y notas. Al completar cada ficha, Noa traza una pequeña marca en el borde del papel, como una victoria mínima.

—¿Te pesa? —pregunta, cuando me ve detenerme frente a un retrato más íntimo.

—Un poco. Pero más pesaría cubierto de polvo.

Bajamos dos cuadros medianos a la calle para fotografiarlos sin reflejos. Abrimos la puerta principal y el pueblo entra como un murmullo. Colocamos un cartón liso contra la pared encalada de la fachada; la sombra de la cornisa nos regala un fondo perfecto.

—Sujetos —dice Noa—. Uno, dos... ahora.

La calle está vacía; solo pasa un hombre con un saco al hombro que mira sin detenerse. Ya vamos por el siete y vuelvo a escribir:

M-0007 — Paseo en la arena. Óleo/tabla. 50×40 cm. Sin firma visible. Estado: bueno. Observaciones: serie «orilla».

—Te propongo una regla —dice Noa, volviendo a subir el segundo—. Cada cinco fichas, agua. Cada diez, una palabra para ella.

—¿Una palabra?

—Sí. Una sola. La primera que te salga.

Nos miramos y asiento. Termino M-0010 y cierro el bolígrafo.

—Constancia —digo.

—Va al margen —y lo escribe en mi cuaderno.

El sol gira y la luz cambia de sitio. Reacomodamos la silla y movemos un lienzo grande dos centímetros. El taller huele a trabajo y a sal vieja. Cuando paramos a beber, miro la columna de números en la ficha maestra y siento, por primera vez, que el orden también puede ser una caricia.

—¿Cuántos llevamos? —pregunta Noa.

—Doce… —cuento—. Trece, si incluimos el que me traje en el recuerdo.

—Pues vamos bien —dice, y me choca suavemente el hombro—. Dale, M-0013.

Pego el *post-it* en el borde. El viento golpea levemente la ventana y por un segundo imagino a Mauro entrando, viendo la mesa con fichas, la pared con sombras limpias y la puerta abierta al aire. No sé si lo aprobaría o volvería a cerrarse ante todo esto. Respiro hondo y activo de nuevo la cámara de móvil.

—Listo —digo—. Dispara.

Las horas pasan rápido y hacemos el trabajo con una veintena de cuadros. Terminamos muy cansadas a casi las tres de la tarde. Nos pasamos por el supermercado y, de ahí, a la playa. Comemos en la arena, ensaladas de supermercado con tenedores de plástico que se doblan al primer bocado. El viento ha bajado y la ría respira lenta; a ratos se oye el golpe hueco de un remo contra una barca. Noa termina antes que yo, se estira y se cubre la cara con el antebrazo.

—Voy a echarme una siesta corta —dice—. Luego tengo turno. Mañana seguimos, ¿vale?

—Vale —respondo—. Hemos avanzado mucho.

Se levanta, me roza el hombro con los dedos —un gesto breve que deja cálida mi piel— y se va calle arriba. Me quedo mirando la línea húmeda que dejó la marea. Por primera vez en mucho tiempo me siento llena, como si el día me cupiera bien: objetivo cumplido. Quedan jornadas por delante, pero ahora tienen forma, números, *post-its* y fotos; avanzamos.

Me tumbo boca arriba con la carpeta por almohada. El sol se filtra entre las nubes y me acaricia los párpados. Me entra sueño. En ese duermevela en que no sé si estoy despierta o dormida, veo una pareja caminar por la orilla. Pueden ser Mauro y Gemma en otro tiempo, piel contra sal y un pañuelo en el pelo. Podemos ser Héctor y yo con los pies hundiéndose a la vez. O puede ser una pareja de desconocidos, dos figuras como tantas, de las que llenan o vacían las playas en estos días del año. Avanzan y retroceden, se dicen algo que el viento me roba. Parpadeo y cuando abro los ojos ya no están.

Por muy activa y gratificada que me sienta, lo echo de menos; ese peso tibio a la altura del codo, una respiración que acompasa la mía. Me incorporo despacio y miro la ría. Me digo —en voz baja, para que el aire se entere— que voy a lograr lo que me proponga. Que hoy es el primer día en mucho tiempo en que esa frase no suena hueca. Y me quedo un rato más, sencillamente despierta.

27

Zamora, 27 de junio de 2022

Hay días en una relación que se marcan de una forma especial. Aquel fue el último día del curso para Héctor y, además de saberlo por la fecha, lo noté en el tacto de sus manos, mucho más relajado que cuando tenía la presión de preparar las próximas clases o exámenes por corregir.

Llegó a mi piso al caer la tarde, con la camisa medio fuera del pantalón, como si se hubiera permitido, por fin, no estar perfecto. Me besó en la mejilla antes de entrar y posó la mano derecha sobre mi cintura. A continuación, tiré de él hacia el interior, cerré la puerta con un ligero puntapié y, al sentir que ya nadie podría vernos desde fuera, lo besé en la boca.

—Ya está —dijo—. Se acabó el curso.

Yo sonreí, porque también yo estaba cansada de ese calendario que le ocupaba la cabeza incluso cuando intentaba no traerlo a casa.

—Se acabó —repetí. Seguí besándolo.

Fuimos hacia la cocina, abrí la nevera y, sin preguntar, saqué una botella de vino. Se la entregué como si de un premio se tratara. Sirvió dos copas y volvió al salón, donde yo tenía el cuaderno abierto y unos libros apilados en el suelo como si, incluso en junio, el orden fuera una tarea pendiente.

Se sentó a mi lado en el sofá. No habló de alumnos ni de claustros, ni de notas, ni de reuniones. Bebió un sorbo y me miró con esa atención que a veces me desarmaba, como si fuera capaz de leer lo que yo aún no había escrito.

—¿Cuándo coges tú las vacaciones? —me preguntó.

—A mediados de julio —respondí—. No es un mes completo. Tres semanas, quizá algo más si consigo cambiar un turno.

Asintió, pero su pregunta no era solo de agenda. Lo vi en la manera en que apoyó el vaso en la mesa, con cuidado, como si estuviera colocando un objeto frágil.

—¿Y has decidido? —dijo—. Me refiero… este verano. ¿Hacemos planes?

Yo iba a contestar lo fácil, lo práctico, lo que se dice para no abrir puertas demasiado grandes.

—Podemos irnos unos días —dije—. A la costa, a Portugal… lo que te apetezca.

Pero él no sonrió con esa respuesta. Hizo un gesto más bien serio, como de quien agradece el intento, pero no le satisface.

—No te hablo de cuatro días —aclaró—. Te hablo de nosotros. De saber dónde estamos. Si esto es… algo que se queda en el curso y luego cada uno a lo suyo, o si… si lo hacemos en serio.

La expresión me dejó un segundo sin aire. «En serio» tenía demasiadas cosas dentro: futuro, promesa y una forma de vida que yo aún no sabía si me cabía. Y, sin embargo, estaba bien a su lado. Muy bien. Precisamente por eso me asustaba.

—Estoy muy bien contigo —dije despacio—. Mucho. Pero… ¿me estás pidiendo algo importante?

Héctor tardó en responder. Se pasó una mano por el mentón, una manera de ordenar pensamientos y palabras.

—No sé si pedir es la palabra —admitió—. Solo quiero saber si para ti esto tiene futuro. Si te imaginas… que nos vayamos de vacaciones y que, cuando volvamos, sigamos siendo lo mismo. O algo más.

Me quedé mirando la copa, el vino oscuro y quieto, como si ahí hubiera una respuesta. En ese silencio, de pronto, apareció la diferencia de edad no como número, sino como experiencia: él ya había vivido cosas de las que yo solo tenía intuiciones. Él había tenido una vida hecha, una casa compartida y un «para siempre» que terminó.

—Tú has estado casado —dije al fin—. Y te divorciaste. Yo… yo hasta hace poco era una desconocida para ti. Para mí también.

Asintió sin ofenderse, como si lo hubiera esperado.

—Por eso te lo pregunto ahora —dijo—. Porque no quiero empujarte a nada. Ni que sientas que te metes en una historia que no es la tuya.

Su tono me hizo bien. No había exigencia, solo cuidado. Aun así, sentí la necesidad de decirlo con claridad, de colocar las piezas antes de que la imaginación inventara un mapa que no existía.

—Yo no tengo mucha experiencia —confesé—. He estado muy centrada en estudiar, en trabajar… en hacer mi vida en esta ciudad a la que llegué sola. Y hubo un tiempo en que mis relaciones fueron con chicas.

Lo dije y esperé el gesto mínimo de incomodidad, la broma para salir del paso. No llegó. Héctor se quedó quieto, escuchando de verdad.

—Luego estuve con un chico —seguí—. Pero no… no funciona así conmigo, como si tuviera que elegir una puerta y cerrar las demás. Tuve mis debates internos y la conclusión fue que me gustan las personas. Y ahora tengo clarísimo que me gustas tú.

El silencio que vino después no fue incómodo. Fue hondo. Héctor respiró como si le hubieran aflojado algo en el pecho.

—Gracias por decírmelo —dijo—. No me asusta.

Yo lo miré, sorprendida por la sencillez de esa frase.

—Yo también necesito que tú me digas… —añadí, sin rodeos ya—. ¿Qué esperas? ¿Qué significa para ti «en serio»?

Héctor se apoyó hacia atrás y dejó la nuca en el respaldo, mirando el techo un instante.

—Significa que quiero saber que no soy un paréntesis —dijo por fin—. Que esto no se apoya solo en lo bien que estamos ahora, sino en la intención de cuidarlo.

Me tocó el borde de la copa con el pulgar, como si ese movimiento le ayudara a mantener el equilibrio de la frase.

—Y significa que el lunes puedo ir a ver a mi familia y te preguntaré por tu día estando con ellos —añadió—. Y volveré unos días después y podremos hacer cosas juntos. Y tú en tus vacaciones, podrás o no estar conmigo si lo decides, pero me tendrás en cuenta. Es decir, tenernos presentes como pareja, aunque sin agobios. Yo ya tuve un mapa y no me interesa repetirlo.

Aquello me dejó un segundo quieta. Un mapa. Una vida trazada antes de mí y yo apenas sabía nada.

—¿Qué mapa, Héctor? —pregunté—. Si lo nombras así tuvo que ser importante, pero apenas sé nada y quizá debería saber más teniendo en cuenta lo que me pides.

Él soltó el aire despacio, como si lo hubiera estado guardando.

—Fue una decisión de juventud —dijo—. De esas que haces creyendo que la valentía es apretar los dientes y tirar hacia delante. Conocí a alguien, nos quisimos como se quiere a los veinte: con prisa y casi como única opción. Hubo noviazgo, presentaciones, cenas con su familia, planes que te hacen sentir adulto… y yo… yo me dejé llevar. Me gustaba esa sensación de estar «haciendo lo correcto».

Lo dijo sin dramatismo, pero con una sombra de ironía triste.

—Te casaste… —ya lo sabía, pero necesitaba escucharlo.

—Sí —asintió—. Un matrimonio. Una iglesia, una fiesta, mucha gente, nos prometimos cosas, mucho, toda la vida juntos. Y luego… no funcionó. No hubo una gran tragedia. Solo esa constatación lenta de que a veces dos personas encajan en el entusiasmo y se desencajan en la vida diaria. Aguantamos un tiempo. Lo intentamos. Y terminó pronto, para lo que yo creía que era «para siempre».

Me miró, como si temiera que en mi cara apareciera un juicio. No apareció. Solo curiosidad y algo parecido a una pena antigua.

—¿Y mantenéis contacto? —pregunté—. ¿Os habláis, aunque sea…?

Héctor negó despacio.

—No —dijo—. Eso se cerró hace mucho. No fue una guerra, Gema. Fue… un cierre.

Asentí y en mi cabeza la palabra cierre sonó como una puerta con candado. Pensé en mis estanterías, en mis etiquetas, en la forma en que a veces el orden es solo una manera elegante de decir: aquí se termina.

—Vale —dije y me sorprendió lo serena que sonó mi voz—. Gracias por contármelo. Necesitaba saberlo para no inventarme nada.

Él me miró con una ternura cansada.

—No quería que ese mapa se colara entre nosotros sin nombre —murmuró—. Después he tenido otros intentos, tengo mis años, pero nada ha cuajado y tampoco hace tanto que tengo estabilidad laboral.

Me salió una risa pequeña, más de alivio que de humor.

—Entonces sí —dije—. Hagamos planes. De verano, al menos. Y… lo demás lo iremos viendo. Pero despacio.

—Despacio —repitió.

Nos quedamos un rato sin decir nada, con las copas entre las manos y la tarde apagándose detrás de la ventana. Y tuve la sensación de que, sin mudanzas ni promesas grandes, algo se había asentado: no una casa en común, todavía, sino una forma de estar.

28

Cedeira, 25 de julio de 2024

> ***WhatsApp. Minerva — 07:37***
> *Hoy tengo la sensación de que, en cualquier momento, me tocará salir corriendo al hospital. Contracciones sueltas, mala noche, pero todo bien vigilado. Alberto alarga la mano desde la cama y tiene la bolsa del bebé y las llaves del coche.*
>
> *Me encanta leerte tan cerca de tu objetivo con la catalogación. Eso no es solo ordenar cuadros, es darles lugar y voz sin invadirlos.*
>
> *Sobre Héctor: lo que te pasa es duelo de ruptura. No es lineal y se reactiva con disparadores (música, lugares, gestos...).*
>
> *Es normal, pero recuerda los consejos de nombrar que solo es un recuerdo de Héctor, las respiraciones y las demás micro-acciones a cumplir. Echa siempre mano al cuaderno y ten presente que Noa puede que sea una gran aliada ahí.*
>
> *Estoy orgullosa de ti: estás haciendo sitio fuera y dentro. Escríbeme después del café (si no estoy de parto).*

Tras dos días de trabajo, apenas nos quedan una decena de cuadros. Ayer volamos: cuestión de coger el ritmo.

Esta mañana repetimos la liturgia: café, pan tostado y fruta. Yo reviso la lista; Noa agarra la cinta métrica, la cinta de carrocero y un trapo de algodón.

—Estoy —dice, cerrando la cremallera de la mochila.

Hace una pausa. Mira de reojo las cajas de ropa de mi tía y el vestido de flores que dejó encima.

—¿Puedo? —pregunta, con media sonrisa.

Antes de que responda, ya está descalzándose. Lleva camiseta de algodón gris, vaqueros claros con los bajos remangados y calcetines a rayas. Se desabrocha el botón, desliza el pantalón hasta los tobillos y se queda en ropa interior, salvo por la camiseta, que le cae suelta por la cintura. También se la quita. Es un gesto natural, sin ceremonia. Me sorprendo mirando: la piel tersa, la curva limpia del costado y la espalda sin sombras de cansancio. Una punzada breve me atraviesa —no sé si es envidia o atracción— y aparto la vista hacia la mesa.

Noa alza el vestido, mete la cabeza y los brazos, y lo deja caer. Le ajusta perfectamente a la cintura. Gira una vez sobre la tarima, descalza, y el vuelo flota un segundo como una ola.

—¿Qué tal? —pregunta, todavía riéndose.

—Como hecho para ti —respondo, más seria de lo que quisiera.

Me mira un instante, como si midiera un secreto que no hace falta decir, y vuelve a quitarse el vestido con cuidado. Recupera los vaqueros, se mueve algo más torpe para ponerse la camiseta, se calza de nuevo y guarda el vestido doblado encima de la caja.

—Ahora sí —dice, palmeando la mochila—. Al barrio de Crónicas.

Cojo la carpeta de fichas, la llave que brilla sobre el plato y salimos a la calle con la brisa húmeda empujándonos la espalda. Durante el camino me pregunto qué fue exactamente esa punzada. No tengo respuesta. Solo sé que hoy quedan diez cuadros y, de algún modo, algo también ha empezado a moverse por dentro.

Abro la casa de Mauro. Dentro huele a óleo, pero parece que tras la limpieza de ayer ya no hay tanto polvo. Subimos al taller: cortinas abiertas, luz lateral, la silla donde apoyamos cada obra y la mesa con las fichas en blanco. Quedan diez, diez números que nos separan de la sensación de haber cumplido. La tarde anterior, Noa consiguió un contacto del ayuntamiento: el palacete de Cedeira tiene sala de exposiciones. Me pareció oír un clic en algún sitio del pecho.

Ponemos música de grupos independientes de ahora y entramos en la cadencia: *post-it*, foto frontal, detalle, medidas y ficha. A ratos bajamos obras medianas a la calle, más que los otros días, porque hoy la sombra de la cornisa nos regala un fondo perfecto. Hay un punto de euforia: nos hemos vuelto eficaces y nos sale canturrear mientras barremos la arena que el viento cuela por la escalera. Yo enumero en voz baja: M-0058, M-0059… Noa baila medio paso con la escoba y se ríe. La casa, por primera vez, parece rejuvenecer con nosotras.

Terminamos la última foto del lote y empezamos a recoger. Ordenar aquí es arduo: trapos, marcos, cartones y el suelo con migas de yeso. Estoy agachada, pasando la mopa por la zona de «pendientes», cuando escucho la puerta de abajo. No es un golpe: es un corte.

—¿Qué es esto? —la voz sube por la escalera antes que sus pasos.

Mauro aparece en el umbral del taller con el pelo blanco alborotado por el viento y la barba más seca que nunca. Se queda mirando la pared, luego la puerta abierta al sol y, al final, la línea de cuadros apoyados en la fachada. La música, de pronto, me parece ridícula.

—¿Quién os ha dado permiso para montar esta feria? —grita—. ¿Quién os ha dicho que saquéis mis cuadros a la calle?

Me levanto despacio, con el corazón en la garganta.

—Mauro, solo buscábamos la luz —empiezo—. Íbamos a entrar de inmediato, estábamos ya limpiando, y…

—¡No he dado permiso para esta fiesta macarra! —me corta—. Es mi casa, mi refugio, mi intimidad puesta en la acera mientras os divertís como en una discoteca.

Baja un peldaño, otro, con la rabia le tiembla la comisura del labio. Desde la calle oigo el crujido de una persiana; una vecina se asoma a medias.

Noa apaga la música en el móvil y el silencio cae como una manta.

—Las llaves —dice él, tendiendo la mano, la palma abierta—. Ahora mismo.

Miro a Noa. Ella me mira a mí. Siento cómo se me enciende la cara. Cojo la carpeta, recojo los papeles desperdigados y deslizo las fichas a su sitio. Voy hacia la puerta para coger un cuadro, con la intención de meterlo en la casa.

—¡Deja eso ahí! —ruge Mauro, un paso más arriba—. Deja eso ahí. La vida ya se encargó de quitarme a tu tía para que ahora tú vengas a tocarme los recuerdos.

La frase me atraviesa. En la calle se ha parado un niño con una bicicleta; hemos ganado otro vecino en el portal de enfrente. Noa llega a mi lado y me coge la mano con fuerza, como si me bajara de un bordillo invisible.

—Vamos —dice en un hilo de voz que solo oigo yo.

Saco las llaves del bolsillo y se las pongo en la palma de la mano sin mirarlo. Mauro cierra los dedos despacio, como si guardara algo vivo. Intento decir algo, pero me muerdo la lengua para no pedir perdón por existir. Noa aprieta mi mano y tiramos hacia la calle. Yo llevo la carpeta bajo mi brazo y ella carga la mochila del material, pero dejamos atrás los cuadros apoyados, la escoba caída y la sensación amarga de haber cruzado una línea que no vimos. Nadie dice nada. Caminamos sin mirar atrás, oliendo a derrota, pero me tiemblan tanto las piernas que en mitad del camino nos detenemos.

La ría está plana y el cielo mantiene un gris desconcertante.

—Nada me sale bien —digo sin pensarlo—. Nada.

Noa me abraza. Me besa el pelo como si apagara un fuego pequeño. Me quita las gafas con cuidado, las seca con el bajo de su camiseta y me las vuelve a poner. Me quedo quieta un segundo y, de pronto, se abre la compuerta: le cuento todo lo de Héctor, con tropiezos, con huecos y con esa mezcla de vergüenza y rabia que arrastro. Le digo que los hombres me han rechazado sin razón, que Héctor se fue cuando todo parecía ir bien y que yo me quedé esperando.

Noa no interrumpe. Me escucha y me sostiene por los hombros.

—Respira —dice, bajito—. Estás aquí.

Asiento.

—Esta tarde trabajo —añade—, pero mañana hacemos algo distinto. Nos va a venir bien a las dos. Te lo prometo. Y no te preocupes por lo de Mauro, se le pasará y cumpliremos el plan previsto.

Subimos la cuesta sin hablar. Cuando entro al piso, busco la cama y me tumbo mirando el techo. Pienso en todo lo ocurrido desde mi llegada a Cedeira. Pasa el tiempo, no sé cuánto, hasta que suena el móvil. WhatsApp de Alberto: una foto de Minerva con la bebé recién nacida en brazos.

Todo ha ido bien y ha sido sorprendentemente rápido. Mamá y la pequeña Gemma están bien.

Miro el nombre dos veces. No lo esperaba: Gemma, como mi tía, casi como yo. El corazón me da un golpe seco y, luego, nada. Debería alegrarme; le ha puesto mi nombre o casi mi nombre, pero no me sale la sonrisa. Suelto el móvil sobre la mesa, me tumbo en la cama sin deshacerla y me quedo mirando la pared, como si allí hubiera algo que mirar. No hay nada. Solo un silencio que se agranda, pero necesito ese silencio.

29

Cedeira, 26 de julio de 2024

No he dormido. La noche ha sido un vacío que se mueve: ir y venir de un lado a otro de la cama, minutos de sueño breve en los que se cuelan Héctor y Mauro como sombras. Además, el libro de Rosalía parece que me acompaña en cada uno de mis sentimientos: «Todo es misterioso y lúgubre en las altas horas de la noche; en esas horas eternas para el que vela, y llena de supersticiones y tenebrosos rumores para el que esconde en su corazón el roedor remordimiento».

Amanezco con un dolor de cabeza que late detrás de los ojos. Cuando Noa llama a la puerta, la luz que entra por la ventana me parece un golpe. Abro en pijama.

—Vámonos —dice, con una sonrisa que no invade—. Hoy vamos a ir a una cala espectacular.

No rechisto, voy hacia la habitación como un autómata a vestirme. Entonces, me acuerdo del mensaje de Alberto. La foto de Minerva con la niña en brazos, el nombre: Gemma. Se lo digo a Noa en el pasillo, con el dolor de cabeza latiéndome detrás de los ojos.

—¿Dónde tienes el paracetamol? —pregunta, ya a medio camino de la cocina.

—En el baño, mueble bajo, segundo cajón; hay un neceser que traje de casa —respondo, sentándome en el borde de la cama.

Vuelve con un vaso de agua y el blíster abierto. Me lo tiende sin decir nada. Trago. Enciendo el móvil y abro WhatsApp. Pienso demasiado, borro dos palabras, vuelvo a escribir. Sé que me sale entre la falsa emotividad y la línea plana, pero no tengo otra cosa ahora. Lo dejo así y lo envío:

«Enhorabuena. Qué alegría. Me alegro mucho por los tres. Bienvenida, Gemma. El nombre… me emociona. Un abrazo grande».

Miro el doble check, pero todavía no se vuelve azul. Noto el hueco que deja la frase, como si no hubiera llegado entera a ningún sitio. Aun así, guardo el teléfono en el bolso. Noa me roza el hombro con los dedos, es el momento de salir.

Conduzco despacio. La carretera se arruga y, al final, una pista nos deja frente a una barandilla de madera. La escalera baja en zigzag entre tojos y hierba corta; huele a sal y a madera húmeda. Cada tramo abre una ventana nueva: primero la lengua de arena oscura, luego el arco de la cala, el agua verde con vetas claras y los acantilados a ambos lados.

Pisamos la arena. Hay cantos rodados como huevos grises, algas secas en líneas que marcan la última marea y una corona de espuma donde golpea el agua. Nos quitamos las zapatillas y caminamos por la orilla. El viento aquí es menos cruel, deja hablar.

Noa extiende una toalla. Se sienta con las piernas cruzadas, saca del bolsillo el móvil y pone música muy tranquila, apenas un hilo que acompasa la respiración. Miro su perfil a contraluz: cuerpo joven, no perfecto —una pequeña cicatriz en la rodilla, un lunar cerca de la clavícula y las caderas que se ensanchan ligeramente—, pero con esa seguridad natural que a mí se me escapa últimamente. Se recuesta y me hace sitio con la mano, como si el hueco me estuviera esperando.

—Traje lectura sin papel —dice—. Te prometí clásicos.

—Cumple —respondo, cerrando los ojos un momento.

—Piensa en *La Odisea* —empieza—: no como una historia de héroes, sino de volver a casa sin saber cuál es la casa. O en *Antígona*, lo que se hace aunque duela. Y la *Metamorfosis*: todo cambia de forma, pero algo íntimo permanece. A veces me pregunto si no somos eso: una forma nueva con un nombre antiguo.

Asiento. La música roza las piedras y el agua.

—Y las *Geórgicas* —sigue—: trabajo paciente, la belleza de lo que se cultiva día a día. Me acordé de ti ayer, con las fichas: eso también es campo.

—Me gusta ese campo —digo—. Me ordena por dentro.

—Pero quiero conocer respuestas. ¿Quién eres? ¿Odiseo o Penélope? —pregunta—. Has salido de casa, pero también esperas el retorno de tu hombre.

—No sé si estoy preparada para esas preguntas.

Se incorpora sobre un codo y me mira, seria pero luminosa.

—Solucionaremos lo de Mauro. Te lo prometo. Y lo de Héctor, también. ¿Por qué no? Si nos ponemos, lo localizamos, sabremos por qué se marchó. Nunca le digas no a nada que te acerque a entender. Si es que lo tuyo es pura incertidumbre, necesitas motivos, respuestas…

La marea suena cerca. Abro los ojos. El horizonte tiene un filo limpio. Noa me cubre con la toalla hasta los muslos y el dolor de cabeza baja un punto. Me dejo estar: el golpe leve de las olas, la arena bajo los talones y su voz nombrando libros que, de repente, parecen hablar de mí. Por primera vez desde hace muchas horas, el corazón parece serenarse. Y me creo, por un momento, que tal vez sí: que si nos ponemos, saldrá.

La vuelta de la playa se hace leve, la música lleva al coche como flotando pese a que el carril no es muy bueno, pero nos hemos dado un buen baño de sol. Al regresar a Cedeira, compramos y comemos dos kebabs y, de camino al piso, nos para la música en el parque junto a la playa. No hay mucha gente: familias en los columpios y un corrillo de treinta o cuarenta personas con vasos de plástico en la mano. Suenan los noventa: Los Rodríguez, Radio Futura, La Frontera y Duncan Dhu. La voz del cantante despeina un poco la tarde.

—Ideal para un tardeo —dice Noa, con esa sonrisa de «vamos a quedarnos».

Yo pongo una excusa torpe, doy un paso atrás, pero ella ya ha pedido dos de ron con cola.

—Un poco de petróleo y a bailar —remata, y me pone el vaso en la mano mientras empieza a entonar *Escuela de calor*.

—¿Cómo conoces también esta música? —pregunto—. Si tú no habías nacido…

—Cosas de mi padre. Como Iván Ferreiro —se ríe—. Y se lo agradezco porque es mejor que casi todo lo que suena ahora.

La batería entra, siento la brisa salada de la ría y un olor a hierba húmeda. Yo casi no pruebo el ron, no me gusta y apenas bebo alcohol, pero me dejo llevar. Nos cogemos de la mano, bailamos a saltitos, cantamos estribillos que a veces no completamos. De pronto el escalofrío: me llega una imagen de verbena con Héctor, los mismos gestos al cantar, la cabeza hacia atrás y la risa en la comisura. Me quedo un segundo en el borde de ese recuerdo, como si el cuerpo quisiera irse por ahí.

Me obligo a respirar. Repito bajito la frase de Minerva, casi sin mover los labios: «Puedo avanzar aun recordando». Y vuelvo. Aprieto la mano de Noa, doy otra vuelta, dejo que la canción me lleve un poco más allá del miedo.

La tarde avanza despacio sobre la ría. Mientras pido un refresco para mí y otra copa para Noa, ella habla con dos chicos. Pienso que están intentando ligar, aunque yo no me siento disponible. Cuando ya tengo las bebidas y me giro, los chicos han desaparecido y Noa llega con el rostro algo serio.

—Uno de esos chicos es vecino de Mauro —dice sin rodeos—. Nos ha visto estos días con los cuadros en su casa. Me ha contado que sufrió un ataque, cree que un infarto, en un barco. Está ingresado en el Hospital Naval de Ferrol.

Siento que el vaso me pesa de golpe.

—Tenemos que ir —digo—. Ahora.

—En la pizzería hoy tienen reservas desde temprano… —duda un segundo—. Voy a intentar excusarme.

Marca en el teléfono delante de mí. Camina unos pasos para alejarse algo del ruido y oír mejor. Habla bajo, asiente y no tarda mucho en colgar.

—No ha sentado muy bien, pero me cubrirán —anuncia—. Vamos, pero igual sería necesaria una ducha antes.

La música del parque se queda atrás como un recuerdo que ya no toca. Corremos cada una a su piso. Yo me doy una ducha rápida, me pongo ropa limpia y salgo sintiendo el pelo aún húmedo en la nuca. La excitación de la playa y del concierto se nos ha caído del cuerpo como arena mojada. Me siento agitada.

—¡Con lo a gusto que estábamos! —murmura Noa al llegar al coche, casi riéndose de la frase.

Arranco. La música sigue sonando en el exterior. La fiesta y la ría quedan a la izquierda. En el interior del vehículo el silencio tiene una forma nueva. Mientras salimos de Cedeira, aprieto el volante y solo puedo pensar en la carta que no llegó, en las llaves sobre la mesa, en el golpe de su voz de la mañana de ayer: «mi intimidad, mis recuerdos». Y ahora, de pronto, el hospital.

30

Ferrol, 26 de julio de 2024

En admisión pregunto por Mauro Fontaos, es el apellido que alcancé a ver en algunas firmas. Nos señalan Medicina Interna, en la segunda planta. Subimos en el ascensor y al llegar a la altura de la habitación, vemos en la puerta a un hombre de piel curtida por el viento, algo más joven que Mauro; lleva un jersey robusto con olor a sal. Nos pide que esperemos porque hay una enfermera dentro.

—Íbamos en mi barco —explica, sin que yo pregunte—. Hacemos rutas para turistas y, a veces, Mauro viene porque conoce cada peñasco. Pensé que era un infarto cuando vi la forma en la que se me quedó mirando… pero luego dijeron que no.

—¿Qué fue? —pregunta Noa.

—Un ictus —responde—. Se le aflojó el lado izquierdo, cayó de rodillas. Lo cogimos entre dos. Llegamos al muelle y, de ahí, a la ambulancia. Está consciente, pero la pierna y el brazo no le responden bien. Dicen que habrá rehabilitación, pero que a su edad…

La habitación huele a desinfectante y a sábana limpia. Mauro está con gafas nasales, un monitor que marca despacio y una vía en el dorso de la mano. Tiene un rasguño viejo en la ceja y las uñas manchadas de lo que parece carboncillo. Nos mira y en la cara le pasa primero el susto, luego el alivio.

—Menos mal… —murmura—. Os he visto y… en fin.

Nos acercamos y le cojo la mano derecha. La izquierda descansa rígida sobre la colcha.

—¿Cómo estás? —pregunto.

Se rasca la barba con los nudillos sanos; tiene el cabello blanco alborotado contra la almohada.

—Estoy. Pero ya no va a ser lo mismo —dice, sin rodeos—. La pierna no me obedece, el brazo tampoco del todo. A ver cómo hago vida normal ahora. Ahora ya sí que soy un viejo que no vale para nada.

—No digas eso —le corto—. Vales. Y mucho. Te van a poner a levantar el mundo en rehabilitación y nosotros haremos el resto.

Sonríe un poco, incrédulo. Mira hacia la ventana, como si buscara el mar.

—Cuando me dio… —empieza, con la voz baja— por un momento pensé que se acababa como yo hubiera querido. En el mar, soñando con Gemma. Me pasó por delante todo: la infancia entre redes y marisco, la juventud en Cedeira, tu tía riéndose cuando por fin me salían derechas las letras… —Hace una pausa, traga—. Pero luego… luego me acordé de las pinturas. De esa carta. Del perdón. Del amor tan grande que fue y que quedó ahí, sin sitio.

Levanta un poco la mano derecha, como si pescara palabras en el aire, y me busca los ojos.

—Gema, quiero que tú te ocupes de todo —dice, sereno—. Yo ya no me podré valer como antes. No sé si podré subir escaleras ni plantar el caballete en la arena. No sé si volveré a caminar como antes. Haz lo que tengas que hacer: publica los cuadros, haz una exposición, véndelos… Si se van fuera de Galicia, ¡mejor! Nuestro amor se hará grande.

Me arde la garganta. Noa, a mi lado, asiente despacio, clavada a la escena sin interrumpir.

—Nos diste las llaves y nos las quitaste —le digo, casi sonriendo—. Ahora nos las vuelves a dar, de otra manera. Nos encargamos. Con respeto, sin feria y a tu ritmo.

—Sin feria. Y si hay una inauguración, iré, pero que no haya mucha prensa, que mi aspecto ya es solo el de un viejo inútil —dice. Por primera vez le brilla el humor en los ojos.

—El vecino nos contó lo del barco —añade Noa, acercándose—. Ahora lo importante eres tú. Te cuidamos aquí y cuidamos allí lo que te duele.

Mauro asiente. Se le humedece la mirada, pero no cae ninguna lágrima. Mira su mano izquierda, intenta mover los dedos, pero apenas tiembla el índice.

—Me dijeron que si trabajo con los fisios… algo recuperaré —dice—. Si me sientan en una silla, quizá pueda dibujar. Con carbón. Que el color espere. —Se ríe, un poco—. Igual hasta me viene bien que me paren.

—Te sentamos frente a una mesa y a ver quién te quita el carbón —respondo.

Se queda callado un momento largo. Fuera pasa un carro de curas y en el pasillo alguien ríe. Dentro solo suena el monitor.

—Perdón por gritaros el otro día —dice, al fin—. Vi mis cosas en la calle y se me encogió la vida. Ahora… ahora ya no puedo solo. Y no quiero que se pierda.

—No se va a perder —le digo—. Te lo prometo.

Le aprieto la mano y Noa le coloca mejor la sábana sobre el hombro. Mauro cierra los ojos un segundo y vuelve a abrirlos con una calma nueva.

—Entonces, hacedlo —susurra—. Y traedme noticias. Aquí… —se toca el pecho— también se pinta, aunque uno no se mueva.

Conduzco de vuelta, en silencio. Noa apoya la frente en la ventanilla un minuto y luego se endereza. Al entrar en Cedeira me pide que la deje en la pizzería. Aparco en doble fila; antes de bajar me aprieta la mano, breve, como un punto final que también es un comienzo.

—Te escribo mañana —dice.

Asiento. La veo cruzar la acera con la chaqueta apretada y la coleta alta. Desaparece tras la puerta de cristal.

Dejo el coche cerca del paseo y me siento en un banco frente a la ría. Es noche cerrada. Hace fresco y la madera está húmeda; huele a sal y a algas. Repaso en la cabeza la lista que ya es mi mapa: fichas completas, selección de entre quince y veinte, carta en vitrina sin nombres, llamada al concejal, visita diaria a Mauro... ¿Y Héctor? Solo es un recuerdo, empiezo a verlo como un sueño pasado, pero que duele.

Me subo la cremallera hasta la barbilla, meto las manos en los bolsillos y me quedo mirando la línea negra del agua. No hay nada más esta noche que el aire húmedo, mi cuaderno en el bolso y una promesa que ya hice. Debo ser capaz de sacar esto adelante.

31

Cedeira, 2 de agosto de 2024

Entro en la papelería con el corazón en la boca. Huele a tóner, a cola caliente y a cartulina recién cortada. La chica me entrega el paquete como si fuera una criatura: tapa blanca mate, tipografía limpia, *Mauro F.: Memoria de una orilla*; dentro, las fichas maquetadas, las series y algunas notas. El lomo cruje apenas al abrirlo. Paso páginas: fotos sin brillo, títulos breves, medidas, observaciones y, al final, la carta, la carta no enviada.

Pienso en los últimos días con el portátil de Noa sobre mi mesa, pasé varias noches hablando por videollamada con un futuro comisario de exposiciones amigo de Noa, corrigiendo márgenes y reescribiendo. Eso, tras echar bastantes horas en la casa de Mauro con las ventanas abiertas, el olor a pintura plástica blanca, el rodillo subiendo y bajando, la cinta de carrocero marcando zócalos y el suelo barrido tres veces. Airear, limpiar, ordenar y hacer sitio. La casa sigue teniendo sus años y sus problemas, pero ha quedado pintada y presentable.

He quedado con Xosé, el concejal de Cultura. En la primera reunión mostró interés; hoy quiere ver *in situ* la obra. Lo he debido vender bien porque lo empezó a ver como el

Sorolla de Cedeira. Me está esperando en el inicio del barrio de Crónicas. Abro con mis llaves. Dentro hay silencio y todavía olor a pintura plástica. Le muestro la selección de dieciséis en su lugar, con la luz lateral y la pared despejada. Repaso el recorrido: Lecturas, Orilla y Retratos tardíos.

—El palacete sería ideal. Luz suave, sin focos agresivos —digo.

Xosé asiente y toma notas. Mira despacio, sin prisa. Acaricia con la vista la textura de un óleo.

—Está ben —dice al cabo—. Palacete, tres semanas vista. O seguro corre por nós.

Salimos a la calle con fechas tentativas y una lista de tareas que deberé continuar en Zamora al finalizar mis vacaciones. Cuando se va, me siento en un escalón y agarro el catálogo con las dos manos, como si se pudiera escapar.

Llamo a Minerva.

—¿Cómo estás? ¿Cómo está la niña? —pregunto.

—Cansadas y felices —dice, con voz de madrugada—. La pequeña Gemma come como si hubiera hecho ayuno durante varios días.

Minerva se queda un instante en silencio y luego me habla como si me abriera una puerta a una casa que no conozco.

—Ser madre es otro planeta —dice—. No se parece a nada que haya vivido. La noche se parte en tomas cada tres horas, a veces dos; es difícil distinguir llantos: el de hambre, el de sueño, el de pañal cargado... ¿Y si llora porque le duele algo? La casa huele a leche y a toallitas. Tengo muselinas en todas las sillas. La subida de la leche me ha dejado el pecho sensible como una alarma; el piel con piel la calma a ella y a mí me pone el mundo en *mute*.

Respira y sigue, suave, casi riéndose de sí misma.

—Los días son… cita con el pediatra, papeles de la cartilla y lavadoras ridículas con ropa que cabe en una mano. Tengo sentimientos encontrados: una mezcla de sueño, cansancio y un amor que asusta. Y echo de menos dormir boca abajo y ducharme sin reloj.

Hace una pausa, como para colocarme a salvo en ese mapa.

—No te lo cuento para que repelas la vida así, me hace feliz —añade—, sino para que sepas por qué estoy medio desaparecida. Es un universo nuevo.

Asiento con una expresión trivial y encuentro el momento y el tono para hablarle de mí.

—Lo he conseguido, Min —respiro—. Catálogo terminado, colección ordenada y sala confirmada. Ya hay fechas y plan.

Nos reímos un poco. Me pide fotos cuando pueda, me recuerda que coma algo que no sea empanada. Cuelgo con un nudo raro: alegría con cansancio.

Quiero contárselo a Noa. Bajo a su portal y toco al timbre. Nada. Le escribo: «Tenemos sala y fechas. Te cuento». Dos *checks* grises. Repaso el hilo: los de esta mañana siguen sin abrir. La pizzería todavía no ha levantado la persiana. Me quedo un segundo en el rellano con el catálogo contra el pecho, oyendo el eco de mis pasos. Luego bajo, despacio, con la sensación de que hoy he puesto el mundo en su sitio y de que falta ella en la mesa de las buenas noticias.

32

Ferrol, 2 de agosto de 2024

La tarde parece pasar lenta en el hospital. Yo suelto toda la tensión en cuanto lo veo relajado. Llego a la habitación de Mauro con el catálogo y un peine. Le apoyo el cuaderno en la mesa auxiliar y lo abrimos juntos. Paso las páginas despacio; él lee los títulos en voz baja, como saboreándolos.

—Este, ¿quedó así? —dice, señalando a mi tía junto a la ventana— «Mujer leyendo»... ¿No dijimos mejor «Gemma con libro»?

Pasamos varias tardes así y ni con los textos definitivos deja de proponer cambios.

Anoto con lápiz, aunque ya todo esté hecho.

—Y este de la playa… —sigo.

—«La orilla que piensa» —dicta—. Siempre estaba mirando como si oyera algo.

—¿Y el del pañuelo?

—«Pañuelo al viento (Cedeira)». Sin fecha, que me baila.

—¿Este retrato más mayor?

—«Gemma, tarde de lluvia».

Reímos un poco cuando ve el que yo había llamado «Paseo en la arena».

—Pon «Camino de arena III». Los otros dos están en mi cabeza.

Le cuento lo de Xosé, el concejal: que vio la selección *in situ*, que el palacete está reservado, que habrá buena luz, dos hileras, dos obras centrales y una vitrina para algunas cartas. Él escucha con los ojos más abiertos de lo que permite el cansancio.

—Tu tía se lo merece. Fue una buena maestra, importante para el pueblo —murmura—. Ella es realmente quien ha impulsado esto, ella empujaba mis pinceles.

Llaman a la puerta. Entra el fisioterapeuta con una sonrisa cansada y una pelota blanda.

—¿Nos puede dejar cinco minutos? —pregunta.

—Los que necesite —respondo y me aparto.

Accede también un auxiliar. Le colocan la pelota en la mano izquierda. Mauro frunce el ceño; aprieta y suelta dos veces, muy lento. Luego intentan elevar el brazo unos grados, girar la muñeca, «como si llamaras a un taxi», bromean. A mí se me hace un nudo en la garganta cuando el índice se mueve apenas. Celebramos ese milímetro como si fuese una victoria.

Salgo un momento al pasillo. En el control pregunto por la trabajadora social. Nos sentamos en una sala con dispensador de gel y revistas viejas. Me explica que la Cofradía de Pescadores de Cedeira ha movido hilos: han conseguido una plaza concertada en una residencia cercana. «Buen equipo, rehabilitación y médico todos los días; si todo va bien, el traslado tendrá lugar mañana», dice. Asiento y pregunto por los horarios de visitas.

Vuelvo a la habitación. Le cuento a Mauro con calma.

—La residencia no está muy lejos de la ría, no es su casa, pero no queda lejos.

Él mira hacia la ventana como si midiera distancias invisibles.

—Echaré de menos bajar a la arena —dice—. Pero si desde allí huelo el mar, me apaño.

—Yo te llevaré el mar —le prometo—. Aunque ahora vas a estar tú más cerca que yo porque tengo que volver a Zamora, pero vendré.

—Has hecho mucho más de lo que deberías —responde—. Lo que no hice yo en años.

Cierro el catálogo y lo dejo a su alcance, abierto por *Gemma con libro*. Su mano derecha descansa sobre la página, como si la custodiara. Antes de irme, repaso en voz alta el plan: mañana traslado, por la tarde paso por la casa a recoger dos marcos y la semana que viene reunión técnica en el palacete. Él asiente a cada punto, serio y tranquilo, como si por fin el mundo tuviera una lista clara.

—Trae noticias —dice cuando me despido—. Y si puedes, llámame con una palabra bonita para cada día.

—Hecho —respondo.

Mauro sonríe y, por un segundo, entre el pitido lento del monitor y el olor a desinfectante, me parece que la habitación se llena del mismo ambiente que viví cuando yo descansaba en la ría y él pintaba, pintaba a mi tía.

Vuelvo a Cedeira con la cabeza en dos sitios a la vez. Aparco casi sin mirar y me meto en la pizzería. Me siento junto a la ventana y cuando llega el camarero pregunto:

—¿Noa está hoy?

Él niega con una mueca de disculpa. Yo lo miro con un gesto que pide una posible razón.

—Se marchó hace dos días. Dijo que volvía a su pueblo por un imprevisto. Apenas explicó nada.

Asiento como si esa frase no me atravesara. Pido sin convencimiento algo de la carta. Siento la punzada limpia, esa cuchillada que me conoce: otra persona que se aparta en diagonal, sin ruido, como si el mundo se reorganizara sin mí. ¿Por qué? ¿Qué no vi? ¿Qué señal pasé por alto?

Miro el móvil: sus mensajes siguen en gris. No la culpo, me digo, no me debe explicaciones. Pero la mente corre: la tarde del parque, la risa en la garita, el abrigo compartido, su mano firme en la playa, toda su ayuda con los cuadros… y ahora este hueco.

Como muy poco. El dueño me pregunta si quiero llevarme la mitad. Niego. Le doy un bocado, pero mi sabor es amargo. Fuera, la ría tiene el mismo color de siempre; dentro, todo se ha movido medio centímetro y es suficiente para que nada encaje igual.

Pago y salgo al paseo. El viento me despeina y me aclara un poco. Repito en voz baja, como si Minerva me hablara desde lejos: «Es solo un recuerdo, no el presente». Pero esta vez no es recuerdo: es ausencia reciente. Camino despacio hacia el piso con una pregunta dando vueltas: ¿por qué te fuiste, Noa, sin decir adiós?

Tercera parte

33

Cantan los pájaros en los árboles saludando la aurora, y las flores de las acacias y los limoneros lanzan sus primeros perfumes: el rocío humedece mi cabeza y yo corro desalentada hollando las rosadas margaritas que me miran con tristeza, como pidiéndome compasión, pero yo desprecio su ruego.

Rosalía de Castro. *La hija del mar*

San Vitorio, Quiroga (Lugo), 16 de julio de 2024

La tarde cae lenta sobre el prado. El aire huele a hierba recién cortada y a madera vieja. En la linde, hay castaños a media luz. A unos metros, se levanta una casa de piedra con musgo, un hórreo pequeño sin grano y un cruceiro ladeado junto al camino. Héctor lee en un banco bajo la sombra de una parra. Sostiene un libro: *El exilio interior. La vida de María Moliner*, de Inmaculada de la Fuente. Se detiene en un párrafo, vuelve atrás, subraya una línea con un lápiz corto.

—¿Lees esto porque ves en ella a tu bibliotecaria? —pregunta una chica joven que llega descalza desde la cocina. Tiene el pelo moreno y ondulado recogido en un moño torpe, los ojos azabache se muestran atentos.

Héctor levanta la vista. En la cara se le nota el campo: la piel tostada, surcos de sol y una barba de tres días que no es descuido, sino que tras semanas allí se ha hecho costumbre. Se aparta un mechón blanco de la frente.

—Ella es casi igual de metódica —responde, cerrando un poco el libro—. Mide las cosas y las ordena. Encuentra sitio hasta para lo que no cabe.

La chica se sienta a su lado y encoge las piernas. Hay un silencio breve roto por el zumbido de un insecto. Le mira el lomo al libro como si leyera en voz alta sin palabras.

—¿Por qué no le dijiste nada? No entiendo que te vinieras sin más —reanuda, sin rodeos—. ¿Por qué no se lo cuentas todo? Si la echas de menos…

Héctor cierra el volumen con el pulgar dentro para no perder la página y mira el prado. Tarda en contestar lo justo para que no parezca cobardía ni prisa.

—Porque hay cosas que no se saben contar. —Traga—. Cosas que, cuando las nombras, duelen mucho más y que, cuando no las nombras, es un error imperdonable.

La chica está a punto de intervenir, pero mantiene las palabras en su interior. Espera a que su padre continúe.

—Tenía veinte años cuando tu madre se quedó embarazada —dice por fin—. Aquí ya quedábamos pocos jóvenes. Nos casamos y llegaste tú. Una noche llorabas sin parar y salimos hacia el centro de salud. Tu madre no se puso el cinturón para poder volverse hacia atrás y calmarte. —Se le tensa la mandíbula—. En una curva… el coche mordió la cuneta. Salió impulsada por el lado derecho. —Pausa—. Noela murió allí mismo. Yo… la sigo viendo. Cada vez que cierro los ojos y me obliga el recuerdo, la veo.

Ella se queda quieta. El prado, de repente, parece sostener más peso del que tiene. Ella le toma la mano, no para consolarlo, sino para no dejarlo solo en la imagen. Habla despacio.

—Esto yo ya lo sé, papá. Te lo oí durante años. Lo que me pregunto es por qué no se lo contaste a Gema.

—Porque la culpa es una piedra —dice él—. Porque cuando algo se rompe en la carretera, te crees que todo lo que venga después también se puede romper por tu culpa. Y porque con Gema… con Gema empecé a sentir y me asusté. Pensé que si ponía esta historia encima de la mesa… —abre la mano— la mesa se caía. Y yo con ella. Y ella también.

—Y entonces te fuiste —dice ella, sin dureza—. Te apartaste en vez de contarlo.

—Cuando lo cuento, me rompo yo. ¿No me ves ahora? Y no contarlo es una infidelidad imperdonable. Y entre una duda y la otra, me aparté —admite—. Me escondí detrás de cuatro frases, como un cobarde. Y cada día que pasaba era más difícil volver con la verdad sin parecer peor. Debía haberlo hecho al principio, después ya todo sonaba a decepción.

Un tractor suena lejos, un perro ladra dos veces y se calla. La hija de Héctor deja que la tarde haga sitio a las palabras. Luego sonríe de medio lado, como quien trae un plan en el bolsillo.

—La he encontrado en Instagram —dice—. Tiene fotos de libros, de la biblioteca y he visto que ahora está en Galicia, en el norte, en la ría de Cedeira. Parece maja. No deberías dejarla escapar. Aún estás a tiempo.

Héctor niega con la cabeza, sin teatralidad.

—No tiene sentido. Le oculté demasiado. ¿Cómo miras a alguien que quieres y le cuentas que te rompiste por un accidente y que en esa rotura metiste también su nombre? ¿Cómo le dices que te fuiste por miedo a romperla? ¿Cómo le presentas ahora a una hija que ya es mujer?

—Con la verdad —responde Noa—. Es lo único que vale.

Héctor aprieta el libro, como si el cartón pudiera sujetarle los dedos.

—No puedo.

—Pues entonces iré yo —dice ella.

Él la mira, ahora sí, como si no hubiera entendido la palabra o como si le faltara aire.

—¿Cómo que irás tú?

—Iré a la costa —explica, serena—. A Cedeira. He visto en una empresa de trabajo temporal que hay un par de ofertas de empleo para el verano. Termino pronto el Grado, necesito dinero y aire. Puedo estar un tiempo allí y conocerla. Ver cómo es y si la vida la quiere para ti o tú para ella, lo sabré. Si no, también.

Héctor intenta sonreír y solo le sale la sombra de una mueca.

—No es tu guerra, Noa.

—No es una guerra —corrige—. Es una historia. Y yo llevo dentro todas las tuyas. —Se señala el pecho—. También la de mamá. También es la mía.

Héctor aparta la mirada y la vuelve a traer, como si el gesto le costara todo un mundo.

—Y si la encuentro… —pregunta ella—, ¿qué le digo?

El hombre respira hondo. El recuerdo se le mete en los hombros.

—¿Decirle?… —la voz se le agrieta— ¿Que lo siento mucho? ¿Que no me fui de ella, me fui de mí? ¿Que lo intenté y que no supe? —Se limpia un ojo con el dorso de la mano—. No vas a ser tú la que haga todo lo que no hizo el cobarde de tu padre.

—¿Y si quiero hacerlo? —pregunta Noa.

—No puedo aprisionarte a mi lado ni evitar que vayas donde quieras.

Se quedan callados. Noa le recoloca el libro, lo gira hacia él.

—María Moliner —dice, suavizando—. Un diccionario para entender el mundo. No te pediré que escribas uno, pero al menos abre las palabras. No las guardes todas en cajas. Me gustaría que tuvierais al menos una oportunidad más. Papá, eres un hombre bueno y ella también parece que merece la pena. Déjame comprobarlo y ver si hay alguna posibilidad.

—¿Y si yo no puedo? —insiste él, con una sombra de risa áspera.

—Pues si no hay posibilidad, si esa última posibilidad no funciona, te dedicas a tus clases y a tus libros, pero no juegues más con ninguna mujer —responde.

Héctor intenta protestar y no le sale. Mira el prado, la casa y el castaño. La vida allí parece que cabe en una mano, pero se le escapa.

—¿Te irás? ¿Cuándo? —pregunta.

—Mañana mismo —dice Noa—. Serán unas semanas. Puedo trabajar por las noches. Y por el día, mirar. No haré nada que le haga daño, solo observar.

Héctor asiente. Sus ojos tienen el brillo de la lluvia.

—Ten cuidado con el viento —dice, como si la costa ya soplara aquí—. Y si la ves sonreír, no me lo cuentes ese día. Cuéntamelo al siguiente, así la sonrisa me dura dos.

Noa se ríe y lo abraza por los hombros. Huele a jabón y a pan, siente que es su casa.

—Vale —dice ella—. Pero prométeme una cosa: si algún día apareces allí, que sea con tus palabras. Yo puedo abrir puertas, pero solo eso.

—Haré lo que pueda —concede él.

—Harás lo que debiste —lo corrige Noa, sin reproche.

Héctor asiente, derrotado y un poco aliviado. Vuelve a abrir el libro por la marca; lee una línea y se queda mirando más allá del papel, como si en el prado se dibujara una ría que todavía no conoce.

La tarde cae. En el valle, los viñedos se vuelven morados un instante. Noa entra en la casa a por agua; al volver, se sienta y apoya la cabeza en el hombro de su padre. Nadie habla y el campo respira. En la tapa del libro, las letras siguen diciendo *El exilio interior*. Héctor cierra los ojos y, por primera vez en mucho tiempo, la frase no le parece una condena, sino un lugar de paso.

—Entonces, irás… —dice, más para sí que para ella.

—Iré —confirma Noa—. Y si la vida quiere, volveremos con las palabras bien puestas.

El perro vuelve a ladrar y la parra deja caer una hoja. Esa misma noche, Noa busca horarios de autobuses, una habitación barata frente a la ría y el teléfono de un restaurante que pide personal. Y Héctor, en el mismo banco, volverá a abrir el libro por la página donde María Moliner intenta rehacer su mundo después de las pérdidas de una guerra. Empieza a ordenar un mundo a base de definiciones, como si las palabras, puestas en su lugar, pudieran sostener aquello que el tiempo y el miedo desordenaron.

34

Cedeira, 5 de agosto de 2024

Dejo atrás mis prejuicios. Ya da igual, este dolor no me lo voy a quitar de encima, ya no me voy a encontrar a Héctor en ninguna biblioteca. Tras leer el poema en gallego de *Follas novas* en el mural exterior, entro en la biblioteca de Cedeira. El edificio, de piedra y madera, atrae con su estética histórica y las ventanas altas dejan una luz que parece propicia para leer.

En la planta baja encuentro el mostrador de préstamo y una colorida zona infantil con mesas bajas y sillas de colores rodeadas de estanterías rebosantes. Como la bibliotecaria está atendiendo a otras personas, decido subir. La primera planta llega con un cambio radical de aspecto, un regreso a la biblioteca de mi niñez, de mobiliario oscuro, una escalera de madera tipo caracol y estanterías con anchos tomos de enciclopedia. Hay dos salas y el acceso a una segunda planta. Está más enfocada al lector, de mobiliario de líneas rectas y techo de madera del que cuelgan lámparas de luz directa. Reconozco que es un lugar con mucho encanto, quizá el que no tiene el nuevo edificio donde trabajo. Leo también una placa bajo un retrato: don José Pascual López Cortón. La biblioteca lleva su nombre, fue mecenas y editor.

Mientras observo, se aproxima la bibliotecaria. Se presenta, su nombre es Silvia. Me dice si busco o necesito algo. Le pregunto por la hemeroteca y si en alguna publicación podría haber referencia a una antigua maestra de Cedeira. Escucha y asiente con una amabilidad sin prisa: me advierte que no cree que haya gran cosa de la escuela, me señala unos tomos encuadernados de prensa comarcal y un ordenador para consultas.

—Si aparece algo, será por fin de curso o fiestas —dice—. Y a veces en boletines de asociación.

Abro los volúmenes con cuidado. Paso páginas donde las noticias se parecen entre sí: mareas, ferias, cartas al director, obras municipales... En el ordenador pruebo combinaciones de nombres, fechas aproximadas, «escuela», «velada», «lectura». Nada que me lleve al rostro que busco. Aun así, me quedo un momento a mirar: me encanta esta biblioteca, el crujido blando del suelo, el murmullo de quien pide en voz baja y el encanto de estar en un edificio con historia, el antiguo ayuntamiento al que dieron un «noble uso», según indica otra placa.

Estoy sentada en una mesa alargada en la primera planta con el tomo cerrado. Tengo un nuevo y fugaz pensamiento. Me levanto y tecleo en la aplicación de búsquedas el nombre de mi tía: Gemma Castañeda. El corazón me da un vuelco porque indica un resultado. No me lo puedo creer, es un libro de poesía: *Tiza de sal. Poemas para leer en voz alta*, de Gemma Castañeda. Fondo local. «Solicitar en mostrador». Se me acelera el pulso.

—Silvia —le digo a la bibliotecaria—, ¿podría…?

Asiente sin más palabras y desaparece hacia un pasillo interior. Vuelve con un cuaderno fino, lomo azul verdoso, el papel ya con ese tono de mar guardado. Me lo tiende y en la contraportada leo, casi sin respirar: «A mis alumnos de la escuela, que me enseñan cada día que leer es navegar y que, leyéndoles, yo también aprendo. Y a lo que he aprendido escribiendo este libro: que la poesía cabe en un pupitre y en la palma de una mano».

Suspiro y lo hojeo con cuidado. Los poemas son cortos, luminosos, con palabras de mar y de patio: «La tiza es una ola / que escribe sin mojar», «El mapa del recreo / tiene un puerto en tu voz». En la biografía: «Maestra, nacida en Santander; destinada en Cedeira durante años decisivos; lectora en voz alta, amante de Rosalía; organiza veladas de fin de curso». Hay una dedicatoria, la letra es la suya. En los agradecimientos menciona nombres de niños, de madres y a un librero.

—No es prestable —me avisa Silvia—, pero puedes fotografiar partes.

Saco el móvil y hago fotos con manos temblorosas: la portada, la contraportada, dos poemas y la biografía completa. Me cuesta devolverlo.

—¡Cuánto me gustaría tener un ejemplar! —me oigo decir.

—Pregunta en casa —sonríe—. Estos libros vuelven siempre a los suyos.

Salgo con el corazón encendido. Lo primero que hago en el exterior es marcar en el móvil el contacto de mi madre.

—Mamá, ¿sabías que la tía publicó un libro de poemas infantiles? *Tiza de sal.*

—Claro que sí —responde sin sorpresa—. Lo sacó y lo pagó con su propio dinero para sus alumnos. Debo tener un ejemplar en algún sitio, con dedicatoria.

—Guárdamelo, por favor. Me hace ilusión leerlo —oculto que me vendrá bien para la exposición, ya que mi madre no sabe nada.

Cuelgo y me quedo un momento en las escaleras de la biblioteca, mirando el lomo azul en la pantalla del móvil. Pienso en Noa: en cómo se le pondrían los ojos con estos versos sencillos, en lo rápido que habría encontrado una pista. Me nace la urgencia de compartirlo con ella… y el vacío me recuerda que no está.

Respiro hondo, la calle huele a marisco. Me abrazo mi cuaderno de notas contra el pecho y bajo triste hacia el paseo, pero con un hilo de esperanza: la sensación de haber recuperado una pieza limpia del rompecabezas, la voz de mi tía.

35

Zamora, 9 de febrero de 2024

Se fue. Héctor, simplemente, se fue. Estaba leyendo en su casa, poniéndome en la piel de uno de los personajes de Rosa Montero, cuando encontré la nota doblada dentro del libro, a modo de marcapáginas: «No me busques, no te merezco». Al principio lo tomé por una broma torpe y dejé la página abierta, como si así pudiera obligar a la realidad a volver.

No volvió. En dos días dejó el piso, su coche desapareció del hueco de la acera y en el instituto dijeron a los alumnos que estaría «de baja» un tiempo. Recogí el papel como si quemara y me lo guardé en el bolsillo: lo saqué y lo doblé tantas veces que terminó con las esquinas blandas y arrugado casi hasta el punto de deshacerse.

Me pasé semanas esperando el clic de su llave en la puerta, el sonido exacto del pestillo y afiné el oído hasta confundir el ascensor con su paso. Miré compulsivamente el móvil, revisé correos vacíos, recorrí cafeterías donde solíamos sentarnos, marqué cientos de veces su número, de memoria, pero no respondía. Incluso consulté a la Policía. Negué, regateé y me prometí escribirle solo «una línea más». Dormí mal: el cuerpo se me llenó de ruidos (taquicardias pequeñas, nudos en la garganta, una luz encendida en la nuca…). Ordené libros por el puro gesto de darles un sitio, convencida de que, si todo alrededor encajaba, él también encajaría de nuevo. Nunca llegó. Pasó el tiempo, pasó mal el tiempo. Sin él.

36

San Vitorio, Quiroga (Lugo), 1 de agosto de 2024

La casa respira el sopor de un verano que calienta más que otros años. El césped está marcado por surcos de segadora. Héctor está sentado con las manos entrelazadas, como si sostuviera algo que no se ve. Noa llega con la mochila al hombro, el pelo recogido y los ojos negros ardiendo de prisa.

—Habíamos quedado en que ibas —dice, sin saludo—. Que irías a Cedeira a hablar con ella.

Héctor levanta la mirada y vuelve a bajarla al suelo, donde una hormiga atraviesa una grieta del cemento.

—No pude —responde—. Me pesa todo, los pensamientos y las palabras.

—Pues arrastra ese peso —replica Noa, plantándose delante—. La he visto, la he conocido, he pasado momentos con ella, te echa de menos. No tengo duda de que te perdonaría. Es encantadora, sensible, de las que escuchan de verdad. Lo único que necesitaba era que fueras tú. Ella también te necesita. ¡La dejaste tirada como a un perro!

Héctor inspira hondo, como si tuviera un candado sobre el pecho.

—No me ha salido ir hasta allí —dice—. Cuando pienso en contarle lo de mamá, el accidente, la curva... las frases se me rompen. Me da miedo que, si abro eso, la arrastre conmigo.

—Ya la arrastraste cuando te fuiste sin decir nada —salta Noa—. La dejaste con un hueco que no sabía nombrar. Y aun así... —baja la voz—, aun así habla de ti con cuidado. Como de algo que podría haber sido feliz.

Héctor aprieta la mandíbula, lleva las uñas con polvo de tierra y mira el prado, pero no a su hija.

—No sé si merezco que nadie me oiga —murmura.

—No va de merecer —responde Noa, que se acerca—. Va de hacerte cargo. De presentarte, pedir perdón, abrirte de una vez por todas y dejar que ella decida. ¿Qué es lo peor? ¿Que te diga que no? Eso ya lo tienes, papá. Lo que te falta es probar el sí.

El aire trae un olor a mosto y a hierba. Una golondrina roza la parra. Héctor se pasa la mano por la frente; la barba gris le tiembla un poco.

—Me quedé paralizado —admite—. Pensé mil veces en el camino, en la puerta, en la primera frase... y no pude.

—¿Y es mejor que el miedo elija? —dice Noa, con ironía triste.

Se miran un segundo con los ojos igual de obstinados. La discusión asoma: ella da un paso, él retrocede y cada frase afila un poco el aire.

—No te enfades conmigo —pide él, casi en un susurro.

—No me enfado —responde—. Me importas. Y ahora también me importa ella.

Se hace un silencio entre ellos, pero no es total, pues un tractor pasa lejos. La luz se empobrece y vuelve más blando el contorno de las cosas.

—Si no vas tú —concluye Noa, acomodando la mochila en el hombro—, haré que Gema venga. La traeré hasta aquí. Le explicaré lo que pueda, sin traicionarte, y le diré que hay verdades que solo se pueden contar aquí.

—Noa… —Héctor la detiene con el nombre, como quien echa una cuerda corta.

—O vienes conmigo —ofrece—. Ahora. Mañana. Elige.

Héctor niega despacio, con una sombra de vergüenza en el gesto.

—No puedo.

Noa asiente una sola vez. La decisión ya estaba tomada cuando cruzó la cancela.

—Entonces lo haré yo —dice, claro—. Y si la vida quiere y tú estás a la altura, ella llegará a tiempo. Si no, al menos habremos hablado.

Se inclina y le besa la sien; el roce huele a jabón y a polvo de camino. Entra en la casa, deja dos cosas en la mesa —un juego de llaves y una nota corta— y se asoma de nuevo al porche.

—No te escondas de esta forma —le pide—. No me pidas que deje esto como está.

Héctor asiente, vencido y agradecido a la vez. Cuando ella vuelve a entrar, él cruza la puerta, se acerca a la mesa y se queda con la nota abierta en la mano: «Ser honda, oficio, niña, es de tu pelo». Le resbala una lágrima. Jamás pensó que a su edad y después de todo lo vivido sentiría otra vez de aquella forma.

Se sienta, mira el prado y siente, por primera vez en mucho tiempo, que el banco lo empuja hacia delante en lugar de sujetarlo al sitio.

—Hablaremos —le dice a su hija—. ¿Puedes intentar que venga aquí? Si tengo que abrirme, quizá sea mejor en este lugar, donde comenzó todo, donde ocurrió todo, de aquí somos, esto es lo que soy.

Noa tenía ya trazado el camino a recorrer. Se siente un poco malabarista, sabe que también está jugando con Gema, pero todo lo hace por el bien de los dos. A unos metros, su padre empieza a ensayar la primera frase.

37

Cedeira, 6 de agosto de 2024

Llamo a mi madre y me atiende con la radio de fondo. Le digo que voy a pasar un par de días por Santander antes de volver a Zamora, que se terminan mis vacaciones. En un primer momento, responde con un suspiro.

—¿Solo dos días? —reprocha, sin maldad—. Hija, siempre te me escapas.

—Mamá, necesitaba tiempo para mí —respondo—. He estado a mil con la casa de la tía y he alternado con la desconexión. Necesito verte, pero también necesito parar.

—Bueno —cede—. Aquí tienes tu cama y el libro preparado, que sé que lo quieres. Te vendrá bien cambiar de aire. ¿Y Minerva?

—Quiero pasar a conocer a la niña. He visto ya un montón de fotos. Se llama como la tía, Gemma.

—Ya lo vi. Qué vueltas da la vida —dice, más suave—. Ven cuando puedas. Pero ven.

Cuelgo con un peso raro en el pecho. Me quedo un rato sentada, el catálogo sobre la mesa, la lista de pendientes al lado y un vacío imposible de llenar. ¿Por qué se habrá ido Noa también? Abro el móvil casi por inercia y entro en Instagram. Podría escribirle por aquí. Entro en el perfil de

Noa. Tiene una publicación nueva: «San Vitorio». Me altero sin haberla visto aún.

Es un carrusel de imágenes. La primera es un hórreo pequeño con musgo, al lado una casa de piedra y una parra dando sombra a un banco. La segunda, un vídeo con unos árboles agitados por el viento. La tercera es otro vídeo: un hombre, de perfil, lee en voz alta un párrafo de *El exilio interior*. Observo sus manos firmes, la barba con canas y una cadencia conocida al pasar el pulgar por la línea.

Cuando cierra el libro, dice: «Mira, no hace falta entenderlo».

Se me cae el estómago al suelo. En la esquina, escrito por Noa: «Papá».

Todo encaja de golpe: la música de Iván Ferreiro, su sonrisa bailando, aquello de «cosas de mi padre», su pueblo y la desaparición a traición con aquellas dos líneas grises en mis mensajes. Todo encaja, todo se rompe y todo se reconstruye con un curioso equilibrio. No lo asimilo. Paso a la siguiente publicación sin verla. Vuelvo atrás. Bajo el volumen. Miro otra vez el gesto de la mano sobre el lomo del libro. No necesito más.

—Héctor —digo en voz muy baja, como si el teléfono pudiera escucharme.

El pecho se me rompe y las lágrimas brotan. Él, sus manos, sus palabras… ¿Tenía una hija?

Apoyo el móvil en el pecho. Siento las manos frías aunque aquí dentro haga calor. Me quedo mirando el techo, inmóvil, mientras una parte de mí hace inventario: Noa es su hija. Yo no lo supe. Ella sí. Sabía perfectamente quién era yo. Lo ideó a propósito. ¿Con qué fin? ¿Por qué se fue? ¿Qué hago ahora?

Respiro hondo. La ría, al otro lado de la ventana, no contesta. Cierro los ojos un instante y me repito, como si Minerva me dictara desde lejos: nombra, respira y elige una micro-acción. Abro de nuevo el móvil y, antes de hacer nada, veo de nuevo el vídeo. Luego dejo el teléfono boca abajo.

Mañana iré al hospital, luego a la residencia, pasado a Santander. ¿O no? Ahora solo puedo sostener esta certeza nueva que me tiembla entre las costillas. Y repetir su nombre —el de los dos— hasta que deje de dolerme como un golpe.

En algún momento de la madrugada, entre todo el manantial de pensamientos, voy por el móvil y tecleo en el buscador «San Vitorio».

Es un lugar pequeño, una aldea de interior, solo allí está el final de todo el desasosiego, para bien o para mal.

38

San Vitorio, 8 de agosto de 2024

Conduzco hacia Quiroga. Son más de dos horas que pasan lentas, es pensar y no escuchar la música que suena, pero no llega. Tras aquellos kilómetros de vacío, encuentro a Noa en el arcén junto al cartel de entrada al pueblo. Ha venido en ciclomotor, tiene puesto el casco, pero la reconozco y la esperaba, ya que terminó contestando a mi mensaje privado por Instagram y, a partir de él, pudimos hablar.

Aparco a unos metros del cartel y apago el motor. El ciclomotor de Noa aún hace ese tic-tic de metal caliente. Se quita el casco; el pelo se le queda con marcas de goma, los ojos oscuros me buscan sin moverse demasiado.

—Antes de ir —digo—, necesito hablar contigo.

Asiente. Caminamos hasta un banco en el parque de la entrada. Nos recibe un césped muy verde, sombra de arboleda y un par de palmeras que parecen traídas de otro mapa. Nos sentamos con un hueco prudente entre las dos.

—No pretenderás que esté bien —empiezo—. Me dolió que te fueras sin decir nada.

—Lo sé —responde, bajando la mirada—. Lo siento. Hice mal. Me asusté, pero tenía que hablar con mi padre.

—Con Héctor… Es que no sé. No sé nada de vosotros. He vivido dos grandes mentiras: primero la de él, enorme; después la tuya, por menos tiempo, pero me ocultaste quién eras. ¿Estabais compinchados en esto? No sé. Es tu padre. ¿Hay una madre? ¿Otra mujer? ¿Dónde quedo yo? ¿Qué soy? —pregunto sin rodeos.

—A ver… —duda—. Desde antes de ir a Cedeira sabía que tú eras… tú. Fui para verte y tender un puente, para ver si encajabais. Mi padre estaba mal, hay cosas que no sabes, tiene sus problemas y nunca quiso hacerte partícipe. No iba a contártelo hasta estar segura y me equivoqué guardándolo tanto, los dos nos equivocamos.

—Me siento… usada —murmuro.

—Yo solo quería ayudaros, quería conocerte a ti, no solo como un nombre en la cabeza de mi padre. Cuando empezamos a estar bien… se me cruzaron los cables. —Respira hondo—. Desaparecí porque pensé que si seguía un día más, no iba a poder separar las cosas.

La escucho. Me saco las gafas un segundo y las limpio con el borde de la camisa.

—¿Y por qué ahora? —pregunto.

—Porque os necesitáis, te echa de menos, no tiene sentido que estéis separados, creo que además podemos llevarnos bien y porque a él se le acaban los pretextos —responde—. Hablé con él. Se siente incapaz de contarte sus problemas. Me dijo que esperaría… y que yo podía abrir la puerta. Eso intento.

Se queda callada. El viento mueve la copa de una palmera y su sombra nos hace rayas en los brazos.

—No vengo a perdonarte ni a condenarte —digo por fin—. Vengo a oír la verdad. Y a decir la mía.

—Está bien —asiente—. Te llevo. Pero ponme límites, por favor. Si quieres que me vaya cuando lleguemos, me voy. Si prefieres que espere fuera, espero.

—Quiero que estés cerca, pero fuera —respondo—. Si necesito irme, me sacas de aquí sin preguntas.

—Hecho —dice, y aprieta las manos sobre las rodillas, como quien sostiene algo frágil—. Y, Gema… —me mira por fin— quiero que todo esto se arregle, no hay nadie más, lo solucionaremos todo con verdad.

Asiento, pero en realidad estoy marcada por las dudas. El ruido de un camión pasa lejos y un niño cruza el césped con un balón desinflado. Vuelvo a ponerme las gafas.

—Vamos —digo.

Nos levantamos. Ella se pone el casco, me indica con la mano la salida del parque y comienzo a conducir detrás del ciclomotor. Primero cruzamos el pueblo y después desembocamos en una pista estrecha. Doblamos una curva y después otra. La casa aparece: piedra con parra, un hórreo pequeño y un banco en sombra.

Noa se aparta, me deja el paso libre. Detengo el coche y bajo. De repente, el silencio es otro: no es el silencio de la ría, es un silencio de valle, con gallos a lo lejos y un perro que ladra dos veces y se calla. Noa me mira como quien prepara un puente.

Y entonces lo veo: Héctor, sentado en el banco con un libro abierto sobre las manos, la barba con canas y los ojos del mismo color de siempre. Parece un sueño, pero no, vuelve a estar allí. Levanta la mirada y yo doy un paso adelante. Él se pone de pie. Y todo lo que duele y todo lo que falta se sientan, por fin, en el mismo sitio.

Yo no me muevo, solo lo miro. Lo reconozco en pedazos: la forma de ponerse el pelo detrás de la oreja, el gesto mínimo de apretar los labios antes de hablar, aunque le noto más cansancio en los hombros. Reconozco también lo que no había visto nunca: una arruga nueva en la frente y más humildad de la que conocí.

—Gema —dice.

Mi nombre en su voz me parte un poco y me cose a la vez. Trago.

—Héctor.

Nadie se acerca todavía. Escucho un insecto, un golpe de viento en la parra y el latido en mis propias sienes. Me acuerdo de la nota en el libro, del «no me busques, no te merezco», y me acuerdo de su mano en Fisterra sujetándome el vientre. También me acuerdo de la playa de la ría de Cedeira y de Noa riendo en la garita. Todo cabe aquí y, sin embargo, no estalla.

—He venido —digo, por si no es obvio—. Tenía que venir.

—Gracias —responde él y baja un poco el libro, como si me dejara sitio.

Noa respira hondo, consciente de que acaba de dejar una carga en su lugar. Me mira y entiendo: este momento es mío. Doy dos pasos. Él no hace el tercero. No hace falta. Estamos a la distancia justa.

—Hay muchas cosas —empiezo—. Y todas piden tiempo.

—Las tengo —dice—. Y te las debo.

El hórreo vigila, los castaños se agitan y el perro decide que no somos amenaza. Nadie más pasa por el camino. Noa se sienta al borde del porche, de espaldas a nosotros, dándonos un respaldo sin interferir. Héctor gira la mano y deja el libro sobre el banco, abierto por la página que venga.

—No sé por dónde empezar —admite.

—Por el principio —respondo—. Y por lo que faltó.

Héctor asiente e inspira. Yo también. Y en ese gesto simultáneo, sin perdones adelantados ni condenas dictadas, lo veo: es él. Con su culpa y su verdad. Con la parte que me rompió y la parte que me sostuvo. Abro la mano, no para tocarlo, sino para decirle que estoy. Él abre la suya y, entre ambas, queda el banco, la parra, el libro, la hija, pero, sobre todo, queda la historia en bruto, esperando ser dicha.

—Te escucho —digo.

Y abre una puerta que nunca se abrió.

39

San Vitorio, 8 de agosto de 2024

Salgo al camino con las llaves en la mano. Hemos hablado largo y tendido. Le he aceptado un café y unas pastas, pero no puedo quedarme más. Héctor me ha besado en la mejilla, me he despedido y, al verme salir, Noa me sigue hasta el coche.

—¿No vas a darle una oportunidad a mi padre? —pregunta, con la voz baja y firme.

Me apoyo un segundo en la puerta, respiro.

—Lo que siento por él no se borra, pero… —dudo—. Entiendo el dolor que arrastra, la vida después del accidente, criarte solo… Lo entiendo, de verdad. Pero todo habría sido distinto si me lo hubiera contado desde el principio. Ya sé que duele decir algo así; pero yo lo habría escuchado. Hay diferencia de edad, sí, pero no soy tan inmadura como para no entenderlo. Así, en cambio, tengo que procesarlo. Y es difícil por la desconfianza que se ha generado.

Noa asiente despacio, como si quisiera dejarme sitio.

—No te estoy diciendo que no nos demos una oportunidad —añado—. Te digo que ahora tengo que seguir lo que ya empecé. Me quedan dos días de vacaciones: le debo una visita a mi madre, quiero conocer a la hija de Minerva y reincorporarme al trabajo. Necesito volver a ser la bibliotecaria que fui. Después, en otoño, volveré unos días a Cedeira para el montaje y la inauguración de la exposición de Mauro. Son cosas que me gustaría hacer por mí misma, sin todas las preguntas que me he hecho durante este tiempo y que me han impedido ser yo. Ahora al menos tengo las respuestas.

—Lo entiendo —susurra Noa.

—Y dile a Héctor —añado— que no es un «no». Es un «necesito procesar». Me habéis dejado la vida atravesada.

Nos quedamos un segundo sin movernos. Ella da medio paso, pero se contiene.

—¿Quieres que te acompañe hasta la carretera? —pregunta, ya con una media sonrisa triste.

—Me sé el camino —respondo.

Abro la puerta. Antes de entrar, la miro.

—Gracias por abrirme esta puerta —digo.

—Gracias por cruzarla —responde.

Arranco. El motor rompe el silencio blando del valle. En el retrovisor, Noa levanta una mano; detrás, la parra y el banco se empequeñecen sin desaparecer del todo. Tomo la curva junto a la palmera del parque y siento el mapa recolocarse: mi madre, Minerva, la niña y la biblioteca; en otoño, Cedeira; después, ya veremos. Voy diciendo en voz baja los nombres como si fueran señales de tráfico. Y conduzco, con la certeza sencilla de que ahora, por fin, el camino se ha quedado sin incógnitas.

40

Zamora, 12 de agosto de 2024

> ***WhatsApp. Minerva — 08:42***
> *Gracias por venir, amor. Fue poco rato, pero te juro que nos dejó llenas a la niña y a mí. A Gemma (la pequeña) se le quedó tu olor en el gorrito y durmió como un tronco toda la tarde. Yo sigo a trompicones —tomas, pañales, sueño...—, pero feliz.*
> *Sobre Héctor: piénsatelo, sí, con calma y sin prisa ajena. Y, sobre todo, piénsaTE. La brújula: ¿esto me acerca a la mujer que quiero ser, con o sin él? Si es que sí, un paso. Si no, lo sueltas sin culpa. Date permiso para alegrarte, para cansarte y para escoger tu ritmo. Te abrazo fuerte; aquí estamos tres.*

Abrimos la biblioteca: Lucía sube las persianas, Luis enciende el sistema y yo repaso los mensajes y las devoluciones. El aire huele a papel recién movido y a café que alguien dejó en un vaso de papel en la sala del personal. A los diez minutos entra un chico; va directo a «Novedades», hojea una novela de portada llamativa.

—Esa funciona —le digo desde el mostrador—. Y si te gusta, apunta esta otra para después —le paso otro título con mucho en común con el que tiene en las manos—.

—Genial —sonríe—. Me llevo las dos.

Luis le hace el carné en dos minutos y el chico se marcha con ese gesto de agradecimiento que vale medio día.

Bajo el mostrador tengo *Tiza de sal* con pestañas de colores asomando desde las páginas que he dejado marcadas. Voy subrayando versos y armando una reseña amplia para el panel de contexto de la exposición: «La maestra que leía en voz alta». Para esto Héctor habría sido brillante con su manera de tirar de un verso hasta sacarle un hilo, pero decido sacarlo yo: cito dos poemas, anoto la velada de fin de curso y enlazo con la serie *Lecturas*.

El cuadernillo me lo dio mi madre en Santander. Me contó, como quien pasa de puntillas, que conoció a Mauro, pero poco más. Le expliqué todo el proyecto con sus pinturas y sus únicas palabras, en voz baja y con evasivas: «qué bien que hagas esas cosas». Me dolió un poco la ligereza: para mí es importante y, en su boca, solo sonó: «Ya me enseñarás fotos». Respiro y busco mi equilibrio: no necesito su escala para medir lo mío.

Queda un mes para la inauguración. Entre préstamos y devoluciones abro un documento y esbozo invitaciones: Xosé y la técnica, la cofradía, el club de lectura, dos vecinas que recordaban a la tía, la bibliotecaria, los estudiantes de Oviedo... Una invitación irá a Noa. A Héctor, de momento, prefiero mantenerlo al margen: hoy mi brújula dice que tengo que inaugurar mi presente sin ruido.

Lucía me deja una nota en el teclado: «Café a las 12 en la sala. Traigo bizcocho». Sonrío, cierro el libro y vuelvo al mostrador. El lector de códigos pita, el papel se desliza y la mañana se mueve. Por primera vez en mucho, siento que el trabajo y la vida me quedan a la talla.

Cuando salgo de la biblioteca, tomo el rodeo junto al río. El Duero corre con prisa baja, el día es caluroso, pero está nublado. Una brisa cálida se me mete por las mangas y me despeja lo justo. Camino sin mirar el móvil, dejando que los álamos hagan su ruido de papel. Cuando no tengo más remedio, vuelvo al piso. Abro la puerta y hallo mucho vacío.

Suelto el bolso en la mesa. Pesa: dentro van *Tiza de sal* con sus pestañas de colores y el otro libro, el que vi hace meses sobre la mesa de Mauro y luego en la casa de San Vitorio: *El exilio interior. La vida de María Moliner.* Me ha podido la curiosidad y lo he sacado de la biblioteca. Pongo el hervidor, me quito la chaqueta y dejo las llaves en un plato. Abro el libro sobre María Moliner por una página al azar.

En su casa, siempre con servicio, pero sin ninguna concesión al lujo, Moliner no contaba con despacho propio. Había uno, pero era de su marido. Eso era lo habitual en la época: los varones disponían de despacho, era un elemento masculino dentro de las viviendas, incluso entre los que no desarrollaban una actividad profesional significativa. Las mujeres casadas que, como María Moliner, abordaban una tarea intelectual, tenían que hacerse con un hueco, inventarse un espacio.

Ahondo en el relato. La mesa del comedor se queda pequeña y su hijo arquitecto le hace una de estudio para que coloque libros, fichas y la máquina de escribir. Sigo leyendo: poco a poco, las fichas invaden su casa y toda la vivienda se convierte en el despacho que inicialmente no tenía. «Ahora todo eran fichas». Me acuerdo de Minerva y de su coreografía con la niña, toda su casa ahora es ella; me acuerdo de mí, respirando frente a los cuadros de Mauro, pegando *post-its* y haciendo anotaciones, en aquellos días en los que todo lo dediqué a su pintura.

Cierro un momento los ojos, noto el rumor del tráfico detrás de la ventana y recuerdo que el agua que puse a hervir ya se ha enfriado y no vale. Vuelvo a la página y anoto en el margen, con lápiz: «Ordenar es una forma de querer». No sé si es de ella o mío, pero me sirve.

Activo de nuevo el hervidor, espero, me sirvo una taza y dejo el libro abierto, boca abajo. Fuera, el río sigue su empeño sin mirarme. Dentro, el piso no parece menos vacío, pero la mesa ya tiene algo que respira. Abrí al azar y, por una vez, la página me abrió a mí.

41

Cedeira, 13 de septiembre de 2024

Conduzco desde Zamora a Cedeira con ilusión y la sensación de estar cerca de cerrar un hueco en mi vida. En una gasolinera, mientras el surtidor cuenta despacio, abro el móvil por costumbre. En la primera publicación de Instagram, la cuenta del Concello de Cedeira ha subido el cartel de la inauguración. Tipografía limpia, fondo blanco, sin rostro: *Mauro F.: Memoria de una orilla.* Fecha, hora, Palacete… todo está correcto. Hago una captura y comparto en mis historias. Me tiembla un poco el pulso y no es por la cafeína.

Primero voy a la residencia. Mauro está en una sala luminosa en su silla de ruedas, pero se muestra activo. Tiene una mesa delante, un atril sobre el que hay un cuaderno apoyado y, sobre él, mueve el carboncillo con la mano derecha. Traza una línea, la rompe y vuelve sobre ella. Me mira y sonríe, más cansado, pero siempre él.

—Traigo versos —le digo, alzando *Tiza de sal.*

Le leo dos poemas breves: «La tiza es una ola / que escribe sin mojar» y «El mapa del recreo / tiene un puerto en tu voz». Cierra los ojos en la última línea, como si oyera algo que estaba esperando. Repasamos el plan con calma:

veinte cuadros, vitrina con cartas, una de ellas la del perdón sin remitente, un panel sobre él y otro sobre Gemma. Asiente a cada punto, sin urgencia. Antes de irme, le pregunto por la palabra del día, un ejercicio que le recomendó uno de los médicos que lo atiende.

—Respira —dice, y se toca el pecho—. Aquí también se pinta, aunque echo de menos la ría y el mar.

Salgo con la visión de los trazos de Mauro en la mente y el «respira» en la boca, como un caramelo.

En el Palacete me reciben Xosé, la técnica y los dos estudiantes de Oviedo (los amigos de Noa). Han convertido las salas en una morada para las pinturas con cuerdas tensas y luz lateral ajustada a la altura de las miradas. Los marcos respiran a la misma distancia, el recorrido *Lecturas*, *Orilla* y *Retratos tardíos* ya se entiende solo. Me enseñan el pequeño susto de la mañana: la vitrina no llegó a tiempo, pero el Museo Mares de Cedeira ha prestado una, más sencilla y perfecta para lo nuestro. Respiro hondo: salvado.

—Nos falta solo el panel con la semblanza de Gemma —dice la técnica—. ¿Lo traes tú?

Voy a la imprenta. El papel sale caliente del plóter, satinado, con la foto arriba: mi tía joven, de tres cuartos, pañuelo al pelo y los ojos en esa línea de mar que nadie ve. Debajo, el texto que escribí días antes con las palabras justas, aunque me costaron muchas horas. Pongo la mano sobre la imagen un segundo, para que no se curve. Me emociono sin defensa: ahí está, por fin, la voz que faltaba.

Vuelvo con el panel bajo el brazo. Lo apoyamos en la pared en blanco, medimos, nivelamos y se fija con dos disparos de grapadora invisible. Doy un paso atrás: la sala tiene sentido; ella lo sostiene y él la mira desde todos sus ángulos.

Salgo del palacete con las manos oliendo a papel y a pintura. La tarde ya se ha echado encima y el aire corta distinto: la humedad se me mete por el cuello como un recordatorio de estación. Bajo hacia la ría despacio, con esa mezcla de cansancio y alivio que dejan los días en los que casi todo encaja. El viento empuja el agua en pequeñas olas testarudas; se mueve más que en verano y, sin embargo, el cielo arde como si alguien hubiera pasado un trapo de fuego por el horizonte. Me apoyo en la barandilla y dejo que la luz me dé en la cara. ¿Estará Héctor también mirando este atardecer desde su valle? No lo sé. Por primera vez, tampoco necesito saberlo ahora mismo.

El estómago me recuerda que existe. Camino hasta la pizzería. Está abierta con su olor a horno y a tomate. Tiene dos mesas ocupadas y música baja. No está Noa, pero ya lo sabía. Pido algo sencillo para llevar y, mientras espero, saco el móvil. Le escribo.

«Estoy en 'tu pizzería'. Esto ya no es lo mismo. El palacete está casi listo. Los estudiantes han hecho un trabajo impecable. Gracias por esta ayuda».

Tardo menos de lo previsto en recibir la respuesta: «Huye de ahí, producen bombas calóricas sin control. Me alegra lo del palacete. Ellos son muy finos colgando, sabían lo que hacían y agradecen estas oportunidades. Además, parece que el concejal se ha portado bien».

Intercambiamos varios mensajes más. Yo le cuento que ver la vitrina y la semblanza de Gemma colgada me ha emocionado. Ella me pregunta si voy a ver el atardecer, pero le confirmo que ya lo he visto, con el cielo en llamas. «Guárdame un trocito de ese cielo para mañana. Nos vemos en la inauguración», se despide.

El camarero me entrega la caja caliente, la aprieto contra el abrigo como si fuera una estufa portátil y vuelvo al paseo, con la sensación de que el día me ha devuelto, sin prometer nada, al sitio exacto donde podía quedarme.

Esa noche escribo los textos que me han pedido para la nota de prensa. Es algo más lineal que sale sin pausa. Cuando tengo los párrafos propuestos, releo, corrijo un acento y cambio una coma. Es el momento de dormir, pero antes hago repaso mental: el cartel ya está publicado, Mauro traza líneas, la vitrina está en su sitio, cada texto dice lo que el tiempo calló y, antes de apagar, me viene a la mente el intercambio de mensajes con Noa… empiezo a sentir una palabra en la lengua, de ahí me pasa a los labios: «hijastra». No me gusta como suena, no hay tanta diferencia de edad, pero también conlleva otra palabra que siento a la par: «madrastra». Quisiera ser María Moliner y reescribir definiciones del diccionario. Justo ahí es cuando me sale en voz baja la palabra del día: respira.

42

Cedeira, 14 de septiembre de 2024

Es el día. Entro en el palacete una hora antes y la sala me recibe vacía de gente, pero llena del arte de Mauro. Reviso los cuadros sobre las paredes blancas, la luz ya encendida, la vitrina esperando su hora y el panel de Gemma alineado con el primer cuadro de *Lecturas*. Camino el recorrido en silencio, rozando con los ojos cada marco, comprobando que las cartelas no cojean y que las distancias respiran. Huele a madera encerada y a papel recién impreso. Me quedo quieta frente a *Gemma con libro IV* y noto que el corazón me va a ritmo de inauguración, es decir, estoy nerviosa.

Se abre la puerta y entra Noa con los dos estudiantes de Oviedo, Marcos y Pelayo. Traen cables sobrantes en una bolsa, un nivel en el bolsillo trasero y una alegría que no hace ruido. Noa me busca con la mirada; cuando me alcanza, nos abrazamos sin prisa, con esa mezcla de alivio y orgullo que no necesita discurso.

—Lo conseguiste —susurra contra mi hombro.

—Lo conseguimos —repito, y por un segundo el palacete es un latido compartido.

Los estudiantes nos hacen un gesto desde la esquina: «todo ok». Les agradezco con la mano, me sale una risa nerviosa que por fin es de fiesta.

A los pocos minutos asoma por la puerta una auxiliar empujando una silla de ruedas. Mauro entra trajeado, con el pelo recién cortado y la barba afeitada; en la solapa, una flor diminuta. Parece otro. Lleva el mismo mar en los ojos, pero encuadrado. Aunque sin el bigote, tiene el aire de la foto de su juventud que encontré en el piso de mi tía, aquella imagen con la que comenzó todo.

Se detienen en mitad de la sala y él levanta la vista: frente a sus cuadros, en orden, con luz. Ve *Orilla*, recorre *Retratos tardíos*, vuelve a *Lecturas*. Le tiemblan los párpados, se le humedecen los ojos y la mandíbula se le afloja como si acabara de dejar un peso.

—Mira que… —alcanza a decir. Y la voz se le rompe en un borde—. Mira que…

Saca la flor de la solapa y me la ofrece con la mano buena.

—Para ti —murmura—. Por hacer tanto.

Le aprieto los dedos un instante. Él traga, respira y, como si recordara quién es, se recoloca en la silla, medio serio, medio incrédulo.

—Soy el mismo que vive en el barrio de Crónicas —dice, casi riéndose—. No te equivoques: no valgo más por llevar chaqueta. Todo esto es gracias a ti. Y menos mal que no me hiciste caso.

—No te hice caso —le contesto—, pero te escuché.

—Eso —asiente.

Nos quedamos los tres (Mauro, Noa y yo) en el centro de la sala vacía, como si hubiéramos llegado a puerto cinco minutos antes del amanecer. En el exterior, el pueblo empieza a subir la persiana de la tarde.

Empiezan a llegar las autoridades y el murmullo cambia el aire de la sala. Xosé saluda con su libreta en la mano; detrás, la técnica, dos concejalas y alguien de la Cofradía de Pescadores con chaqueta azul mar. Entran también los viejos amigos de Mauro: manos anchas, pasos cortos y esos ojos que han aprendido a mirar el horizonte sin pestañear. Se acercan a la silla, le dan palmadas en el hombro y le colocan bien la chaqueta. «Quédache ben, home», le dice uno y Mauro se ríe con la risa de antes.

El público llena despacio los huecos: parejas, familias, y, de pronto, lo noto, muchos vecinos que fueron alumnos de Gemma. No necesitan que nadie les explique: se paran frente a los retratos y dicen en voz baja «aquí está», «mira el pañuelo» o «mira la forma de sostener el libro». Una mujer de pelo blanco se me acerca, me toma la mano: «Así nos leía a Rosalía; es ella». Asiento y noto que la sala se sostiene sola y se me saltan las lágrimas.

Xosé me hace un gesto desde la puerta: el acto debe empezar. Dos niños avanzan hasta el centro, cada uno con un cuadernillo de *Tiza de sal* en la mano. El más pequeño aclara la voz y lee, en voz alta y clara:

—La tiza no es solo polvo / es un faro diminuto.

La otra niña continúa, sin mirar a nadie:

—Si un niño ríe, el mar aprende / a quedarse en la esquina.

La sala calla. El eco de las palabras se pega a las paredes blancas y, por un instante, parece que Gemma hubiera vuelto a ponerse de pie para leer en voz alta. Miro a Mauro: tiene los ojos llenos; aprieta el reposabrazos con la mano derecha y asiente dos veces, como quien dice «ya está». El mar ha encontrado su sitio en aquella sala.

Cojo aire y doy un paso al frente. No hay micrófono; mejor.

—Buenas tardes. Gracias por estar aquí. Esta muestra se sostiene en tres palabras: memoria, cuidado y límites. Memoria de Gemma Castañeda, mi tía, maestra en Cedeira y lectora en voz alta; el cuidado puesto por Mauro para mirar su imagen con amor y límites para que lo íntimo siga siendo de quien debe. Llegué este verano a ordenar un piso y me encontré una vida. Primero fueron fotos en una caja y, en la playa de A Magdalena, un pintor que yo creí paisajista.

Miraba la ría, sí, pero en el lienzo aparecía una mujer. Me acerqué y conocí a Mauro, pintor y pescador. Entonces no lo sabía, pero esa mujer era mi tía. Desde ahí empezó un camino de descubrimiento: supe de su amor, de lo que quedó sin contar y también de algo que a mí me cambió la mirada: a veces la ría no solo es escenario; la ría es pincel.

Se produce un primer aplauso.

—Con un cuaderno y mucha paciencia catalogamos estas obras, respetando el orden que el propio Mauro guardaba en su desorden. Las series que veréis son *Lecturas, Orilla* y *Retratos tardíos*. Nacieron de escuchar la respiración de los cuadros más que de imponerles un título. Aquí no hay mercado, hay presencia. Entre papeles, aparecieron cartas, la última, de Gemma, no enviada. Es una concesión de perdón escrita sin destinatario visible. Está en la vitrina (sin nombres y sin fechas completas) porque nos parecía justo mostrar el gesto y proteger el resto. Lo que no se nombra del todo, a veces, se protege mejor. Ahora hablaré de Mauro.

De nuevo los presentes rompen en aplausos.

—Hoy lo veis afeitado y con traje, y es hermoso, pero es el mismo del barrio de Crónicas, el que madrugaba para pintar en la arena antes de que llegaran los bañistas, el que empuñó redes y luego pinceles. Si estas telas están colgadas es porque él miró durante años y la ría le pintó la memoria. Nosotros solo hemos puesto luz y distancia. Esta exposición es suya, aunque existe gracias a mucha gente: al Concello, a la Cofradía, al equipo técnico, a Marcos y Pelayo, dos estudiantes de Oviedo cuya finura veréis en cada nivel y en cada clavo; a la biblioteca de Cedeira, que custodió voces; y a quienes fuisteis alumnos de Gemma y hoy la reconocéis aquí, en el pañuelo o en la postura al leer. Gracias por traerla al recuerdo. Termino: no venimos a cerrar nada; venimos a abrir un rato de compañía con lo que fuimos y con lo que somos. Si al salir os lleváis una palabra, la que Gemma leía o la que Mauro pintaba, ha merecido la pena. Moitas grazas.

El silencio cae suave y, enseguida, el aplauso sube como una marea. Xosé se acerca y me estrecha la mano con una sonrisa franca.

—Parabéns. Quedou ben de verdade —dice—. Noraboa, Gema.

Asiento con el corazón un poco desordenado. Una fotógrafa del Concello pide «unha foto». Nos colocamos sin ceremonia: Xosé a un lado, la técnica al otro; yo en el centro y, en seguida, hacemos sitio a Mauro.

Entre dos amigos pescadores y Noa acercamos la silla hasta *Gemma con libro IV*. Ajustamos un poco el ángulo para que la luz le acaricie la mejilla pintada. Mauro se queda justo delante, ni muy cerca ni muy lejos; apoya la mano derecha en el reposabrazos, la izquierda descansa como puede.

—Así —le digo—. Aquí.

Él mira el cuadro y luego nos mira a nosotros, como si comprobara que estamos viendo lo mismo. La fotógrafa cuenta tres; el flash salta y, por un segundo, todo parece exactamente en su sitio.

El aplauso se va apagando y, entre felicitaciones y fotos, la sensación de satisfacción va dando paso a un vacío pequeño en el esternón. Lo echo de menos, pienso. Entonces, busco a Noa con la mirada.

—¿Y Héctor? —pregunto en voz baja, como si me oyera alguien que no debe.

Niega, suave.

—Me trajo, pero no ha entrado. Quiso respetar la distancia que le pediste. Me dijo que te diera esto.

Me alarga un sobre doblado dos veces. Asiento. Salgo por la puerta lateral del palacete. El aire está fresco y huele a sal y a madera húmeda. Se oye, amortiguado, el rumor de la sala. Me siento en el borde de un murete, respiro y abro el sobre.

La letra es la suya.

No pido nada hoy. Solo estar a la altura del silencio que dejé. Si quieres, volvamos a quienes fuimos al principio: una mesa en la biblioteca, un poema abierto al azar, dos cafés que se enfrían, un paseo corto sin prometer al final.

Puedo decir lo que callé y escuchar lo que te debo. Sin prisa, sin exhibición, sin casa en común ni planes grandes. Solo tiempo.

Si no quieres, lo entenderé. Me quedaré donde pueda hacer menos ruido, pero piensa lo que muchas veces decimos: si volviésemos atrás, haría las cosas de otra manera. Quizá nosotros podamos hacerlo.

Hoy no vengo a pedirte que vuelvas; vengo a ofrecerme entero para hablar como debí.

Gracias por mirar mis sombras sin apagar la luz.

Doblo la carta por la marca que ya trae. Me quedo un rato con el papel caliente entre las manos, oyendo dentro el eco de los versos de *Tiza de sal* que recuerdan algunas de las asistentes y, fuera, el viento que mueve una bandera en la fachada. Noa se asoma desde la puerta solo con los ojos; le hago un gesto de «estoy bien».

Miro el cielo que se empaña. No hay respuesta aún; hay algo mejor: una forma de empezar que no me rompe. Guardo la carta en el bolso, cierro los ojos un segundo y dejo que me cruce, limpia, la palabra de Mauro: respira.

43

Cedeira, 14 de septiembre de 2024

Ha caído la noche. Me siento en el paseo con la carta abierta sobre las rodillas. Vuelvo a leer despacio, frase por frase, como quien palpa una cicatriz, y pienso en todo lo que me contó en San Vitorio: verdad sin coartadas. El accidente, la curva, el miedo que después se quedó a vivir y la vergüenza que le comía las palabras para no arrastrarme consigo. No lo disculpa, no disculpa todo lo que calló, lo que obvió durante dos años, a mí que se lo confié todo. Sin embargo, puesto en tanto dolor, le doy una posibilidad a la comprensión. Leo su firma, lo nombro en voz baja y, por primera vez, nombrar a Héctor no me empuja contra la pared.

Pienso en el Héctor que vi hace poco: frágil, sin convicción y con las frases rotas en la boca. Aquí, en cambio, reflota el otro: el que me hizo reír en mitad de un poema de Machado, el que encontraba una salida por la puerta de la literatura o el que convertía una tarde cualquiera en un plan para escapar de la rutina. «Volver a quienes fuimos al principio», propone; una mesa, dos cafés que se enfrían, un poema abierto al azar y tiempo suficiente para hablar sin darnos prisa. Me apetece, me apetece mucho ese Héctor.

Doblo el papel y me quedo mirando la duna de arena. No siento el tirón de antes; sí siento un sitio donde sentarme. No es un perdón ni un retorno: es una forma y un ritmo que reconozco. Guardo la carta en el bolso y respiro hondo, como si el aire pudiera ordenarme por dentro.

Noa llega caminando a paso rápido y se detiene a mi altura.

—Los ovetenses siguen entre cervezas, por suerte el bar está justo debajo del hostal donde duermen —dice mientras yo me levanto del banco.

Asiento y sonrío. Tengo frío, me refugio en la chaqueta, pero envidio a Noa, que lleva abrigo. Se hace un minuto de silencio como acompañando el ambiente frente a la ría.

—Que tu decisión no sea contra nadie —dice al cabo—, sino a favor de ti.

Asiento. Andamos un rato más en silencio, pisando la costura de luz que dejan las farolas.

—No hemos hablado hasta ahora de esto —digo—, pero… ¿a ti qué te gustaría?

Se detiene, me mira de frente.

—Primero, perdón —dice—. Por no decirte quien era, por los rodeos, por desaparecer y por llevarte hasta el pueblo como hice.

—Eso ya es agua pasada.

—Me gustaría que mi padre y tú volvierais. No por tapar nada, sino porque creo que os hace bien. De hecho, no hay nada que os haga mejor. No imagino otra cosa.

—Pero… ¿tú me ves siendo tu madrastra? —pregunto, medio en serio, medio probando la palabra en la boca.

—¡Qué palabra! Te veo siendo mi amiga —responde—. Y eso no depende de que estés o no con mi padre. Para etiquetas ya están las que llevan los cuadros. Creo que mereces la pena para tenerte cerca. Eso es lo que importa.

Nos abrazamos. Me recorre un escalofrío, esta vez más cerca de lo maternal que de lo que no sé nombrar. Por un segundo, Noa me parece más pequeña, más hija del mundo que de nadie. Y, ahora que lo sé todo, la admiro más: su manera de abrir puertas y de sostener sin exigir. Nos soltamos despacio y caminamos de vuelta con una certeza común y sin prisa: cada cosa, a su ritmo; cada palabra, en su sitio.

Subimos juntas hasta el piso de mi tía. En el rellano, antes de meter la llave, le digo a Noa que espere un momento. Asiente. Me recuerda que ya no tiene el piso alquilado; esta noche regresa con sus amigos universitarios al hostal. Le aprieto el antebrazo y entro.

La casa huele a ambientador. No quedan ropas en los armarios ni cajas por abrir; solo paredes claras, el brillo cansado del viejo parqué y la mesa donde trabajé el catálogo. Abro el cuaderno, arranco una hoja con cuidado para que no se desgarre la esquina, busco el bolígrafo y me siento.

Pienso en la carta de Héctor, en lo que ocultó y en su verdad, en la sala encendida y en la ría de esta tarde. Escribo despacio, sin adornos, en la línea de lo suyo:

Héctor,
he leído tu carta entera. No te doy un sí ni un no; te doy un principio.

Acepto volver a lo simple: una mesa, dos cafés que se enfrían, un poema al azar sin prisa, sin promesas grandes y sin casa en común.

Yo diré lo que me faltó; tú dirás lo que callaste.

Quiero la seguridad de lo natural y lo sencillo. Si estamos ahí, podremos saber si lo nuestro es presente o memoria acompañada.
G.

Doblo la hoja en tres, escribo «Para Héctor» por fuera. Me quedo un segundo en silencio, como si la mesa todavía respirara conmigo. Mañana vuelvo a mi biblioteca y a mi piso en Zamora; necesito ese orden para sostener lo que empieza.

Salgo al rellano. Noa me espera apoyada en la barandilla, con las manos sosteniendo las solapas de su abrigo para taparse las mejillas.

—¿Se la llevas? —pregunto, tendiéndole el sobre.

—Claro —dice—. La pondré en su mano.

Nos miramos sin palabras y cierro la puerta. Bajamos las escaleras despacio, cada peldaño con su ruido antiguo. Fuera, la noche tiene el mismo frío que antes, pero a mí me caben mejor los hombros. Mañana, el Duero, un mostrador de biblioteca y sus préstamos. Hoy, este sobre y el camino de vuelta. Y, por primera vez en mucho, la sensación limpia de que el principio ya está escrito.

44

Zamora, 24 de septiembre de 2024

Llego justa al último préstamo del día, apago el timbre y entonces lo veo en la entrada de la biblioteca con un libro en la mano.

—Tu profesor vuelve a merodear. ¿Otra vez eres Josefina? —pregunta mi compañera en voz baja sin que yo le haga mucho caso.

No es el azar, por su cubierta blanca sé que es *Llévame a casa*, de Jesús Carrasco. Se acerca al mostrador, lo abre sin ceremonia por las páginas 16 y 17 y lo deja entre nosotros.

—Sigo sintiendo esto —dice—. Como si volviera a la casa de mis padres cada vez que lo leo.

Miro el texto, vuelvo a leer dos líneas que conozco de memoria y me atraviesan otra vez, como tras la primera lectura. Asiento.

—Yo también —respondo—. Otra vez.

También hay una nota guardada: «Ser honda, oficio, niña, es de tu pelo». La leo mentalmente y el verso suena en mi interior con su acento gallego afinado por la ciudad. Mientras, él hace un gesto sencillo con la barbilla hacia fuera.

—¿Le apetece un café a la bibliotecaria? —pregunta—. Sin más notas de por medio.

Cierro el libro, lo sostengo un segundo como quien sujeta un puente y digo que sí. Salimos y cruzamos la calle como antes, cruzamos el charco del jardín. La plaza Mayor tiene las terrazas medio llenas; nos sentamos en una mesa que podría ser la misma. Él hace fácil lo difícil: hablamos de libros y de la vida, sin empujar. Sabe tocar el punto justo, traer un autor que los dos conocemos o dejarme explicar un género donde yo me muevo mejor. Si falta un tema, aparecen el pasado y los orígenes: el suyo en Galicia se le asoma en la música de las erres; el mío entre Suances y Santander vuelve en salpicaduras.

Acabamos, como entonces, en Zweig.

—Es un carpintero de la emoción —dice él—, parece casual y está medido al milímetro.

—Demasiado medido a veces —le llevo la contraria—. Y ahí también está su mérito.

Se le cae un poco el flequillo, el mentón baja medio centímetro y la sonrisa encuentra su sitio. No hace falta buscar parecido: estamos ahí, de nuevo, sin repetirnos.

Cuando llegan los cafés, levanta la mirada y la sostiene, sin prisa.

—Hay algo que tengo que decirte —dice, y esta vez no tiembla—. Soy viudo. Y tengo una hija ya universitaria.

No parpadeo. Lo sé y, aun así, agradezco oírlo de su boca.

—Gracias por avisar —respondo—. Así sí.

Él asiente. Más tarde continuará explicando. No pide nada. Me devuelve el libro de Carrasco con la palma abierta, como se devuelve una casa a quien la cuida. Yo lo guardo despacio en el bolso. La tarde cae sin ruido, las cucharillas dan en la porcelana, una pareja ríe dos mesas más allá y el aire trae un hilo del río. Todo fluye. Y por primera vez en mucho tiempo, siento que no queda nada por desvelar, es todo carne y palabra, y a través de ellas salen todas las emociones.

Epílogo

Pedreña, 13 de abril de 2025

En el porche de esta casa, la mesa es larga y el viento del Cantábrico juega a levantar servilletas y a peinar el mantel. Huele a asado, a pan reciente y a crema hidratante de bebé. Sobre una silla, recostado con cuidado contra la pared, está el cuadro de Gemma en la ría; frente a él, la Gemma pequeña despierta en brazos de Minerva con esa respiración que ordena todo alrededor.

—Hacednos una foto —pide Minerva—: el cuadro de la tía Gemma, Gema y Gemma.

Nos colocamos y Alberto enfoca. Hace varios disparos con el teléfono móvil. Al mirar la pantalla, alguien dice lo que todos pensamos: que aunque haya una leve modificación en los nombres, la «m» que me falta a mí, el origen está en la mujer del lienzo. No podría haber mejor lugar para el cuadro.

Héctor me coge la mano por debajo de la mesa, un gesto que nadie más nota. Hasta este momento, ardía en una tertulia literaria con Tomás y Enrique, recién llegados desde Archidona con María. Retoman el tema y discuten, con esa cordialidad que calienta, sobre el tramo final en la vida y en la obra de los Machado. Tomás habla despacio, con ese temple de quien ha vivido varias vidas; Enrique le mete ritmo a los matices.

—A mí lo que me importa —dice Tomás— es que, al final, los escritores y los políticos pasan, pero los poemas quedan.

—Y las cartas que llegan tarde —añade Enrique—. Una vez conocí a alguien que guardaba una postal con un verso subrayado: «Hoy es siempre todavía». La encontró en un mercadillo de Málaga y la llevaba como un talismán. Decía que servía para volver, sin pedir permiso, a cualquier tiempo anterior.

Los tres se ríen. Yo reconozco el centro exacto de la historia de mi tía en esa anécdota mínima: cartas que llegan tarde y perdones sin remitente que aún hacen sitio. La brisa les desordena los flequillos en aquel porche convertido en sala de fiestas familiar.

Alberto, de pie junto a la barandilla, se queda mirando el cuadro. Tiene una copa en la mano, pero no bebe. Toca a Minerva en el codo, le pide silencio con la yema de los dedos.

—Además de ella —dice, señalando a Gemma—, falta mi hermano Juan Carlos. Si no es por él, yo no habría venido nunca a Santander. No nos habríamos reencontrado y no tendríamos a nuestra pequeña. En fin, no estaríamos todos los que estamos aquí.

Minerva le aprieta la mano. Sonríe como quien sabe poner un final sin punto.

—La vida son orillas y caminos —dice—, pero, sobre todo, son las personas que se cruzan en ellos.

Me cuelo en la conversación y asiento. El viento me trae la risa de Noa que empieza a jugar con la niña en el césped; me llega también la voz baja de Héctor diciendo «poema al azar» como quien abre un picaporte. La niña se estira sobre una manta y el cuadro parece estar respirando entre tanta vida.

En el porche, por una vez, todas las orillas dan a casa. Y yo, con mi mano sobre la rodilla de Héctor y la otra sosteniendo el plato para que no salga volando, me acuerdo de la palabra de Mauro y la dejo pasar por la boca, bajito, para que se quede: respira. También tengo en mi memoria una canción de Iván Ferreiro con Los Piratas, habla de caras tristes y de un equilibrio imposible, pero yo, aquí y ahora, solo veo realidades y siento la mayor de las alegrías.

En Antequera, a 7 de enero de 2026.

Agradecimientos

Alguien me habló una vez sobre un pintor que trabajaba frente a paisajes y lugares patrimoniales, pero cuyas pinturas no estaban relacionadas con aquellos escenarios. Podía estar frente a una iglesia barroca y estar pintando un desnudo. Esto sorprendía a quien lo observaba. Durante años, este pintor estuvo en mi memoria y salió en la idea de esta novela.

En las vacaciones de 2025, con mi familia, viajamos hasta Galicia. Allí busqué una playa donde ese pintor pudiera dar forma a sus recuerdos, los de su amor. Necesitaba una playa inspiradora, paradisíaca y urbana a la vez. La encontré en Cedeira donde pasamos una tarde espectacular acompañados por los éxitos del pop español que un grupo tocaba en un parque cercano. Así que, una vez más, gracias a Ana (mi mujer y lectora beta), Javier y Juan (mis hijos), por darme luz literaria durante nuestros viajes. Comimos en una pizzería argentina donde nos atendió Noa, aunque no se llamara así.

Al ser fin de semana, no pude visitar la biblioteca de Cedeira, pero cuando pedí información por correo electrónico a su responsable, Silvia, me facilitó fotografías de todo y descripciones detalladas.

De camino a Cedeira pasamos por el cabo Ortegal y la garita de Herbeira en medio de un vendaval, vimos caballos salvajes y nos detuvimos en San Andrés de Teixido, todo por recomendación de un amigo gallego, Javier. También, durante el trayecto, varias vacas invadieron la carretera como ocurre en el libro. A mis hijos les llamó mucho la atención.

Por aquellos días también estuvimos en la Casa-Museo de Rosalía de Castro en Padrón, un lugar maravilloso con un equipo que nos trató fenomenal. Compré un ejemplar facsímil de *La hija del mar* que ha guiado muchos de los capítulos del libro.

Y para llegar desde Andalucía a Galicia en coche, la parada intermedia fue Zamora, por lo que también nos dimos nuestro paseo por la plaza Mayor y el entorno del Duero que frecuentan Gema y Héctor.

Mis agradecimientos son, por lo tanto, para todas estas personas que me he encontrado por estas orillas y caminos y a quienes, una vez finalizados mis libros, los leéis con interés. Afortunadamente, novela a novela, cada vez sois más.

Gracias por leer este libro. No olvides dejar tu valoración y comentario en Amazon para ayudarme a mejorar como escritor.

Esta novela enlaza con las otras dos de la serie *Orillas y caminos*.

Un viaje por el Cantábrico que se convierte en un viaje hacia uno mismo. Minerva y Alberto buscarán alcanzar el final de un camino inesperado.

¿Resisten las emociones al paso del tiempo? Tomás se reencuentra con su primer amor y vuelve al lugar del que no debió huir.

Búscalos en Amazon

Sobre el autor

Javier Lara (Antequera, 1981) es escritor y profesor. En su narrativa explora la memoria, los vínculos y la manera en que los lugares moldean lo que somos. Compagina la docencia con la escritura de novelas y relatos, convencido de que las historias (leídas o vividas) siguen siendo una de las formas más honestas de entender el mundo.

Si deseas enviar alguna sugerencia, pregunta o comentario de forma directa a Javier Lara, escribe a:

josejavilara@gmail.com

Dispones de contenido complementario en su web:
www.javilara.com

Índice

www.ingramcontent.com/pod-product-compliance
Lightning Source LLC
LaVergne TN
LVHW091047080826
845145LV00002B/655

* 9 7 8 8 4 0 9 8 5 1 6 9 0 *